U0814963

分水岭上

余光中 著

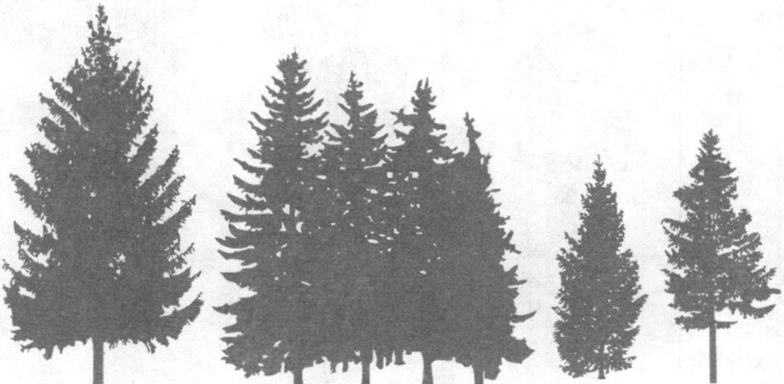

中国友谊出版公司

新版前言

《分水岭上》是我中年时写的评论杂集，里面的二十四篇文章都在一九七七年至一九八一年间写成。一九八一年四月由纯文学出版社初版，后来曾经三版，但是纯文学出版社歇业后，迄今未再印。二十多年后改由九歌接手重印，我这做母亲的总算把流落江湖的浪子又召回了一位。其他如《焚鹤人》《青青边愁》《在冷战的年代》等，也将一一召回。

书以《分水岭上》为名，表示在那之前，我的文集常将抒情文与议论文合在一起，但从此泾渭分明，就要各自出书了。在那以后我又出版了五本评论文集，其中的文章有的是自己要写的，不吐不快；有的是应邀而写的，包括编者邀稿，会议命题，或是作者索序。回顾这本《分水岭上》，也有这种现象。例如，检讨白话文西化的三篇文章，就是有感于当日中文的时弊，不吐不快，而一吐再吐的杞忧。二十年后，此弊变本加厉，变成了积弊，足见这些文章仍然不失讽时的价值，值得仓颉的子孙参考。另外，像《亦秀亦豪的健笔》一篇，原是为张晓风女士的新书《你还没有爱过》作序的，这些年来竟成了学者与记者经常引述的“定论”，足见吾言不虚。这本文集九歌最近重印，作者在感言中竟说，重读我的旧序，仍然十分感动。作品要传后，评论同样也要经得起时光的大浪淘沙。她的书，我的序，显然都没有被文学史淘走。这是多么可贵的缘分。

九歌将我的浪子一一接回家来，固然非常温馨，但是相应地我也要重校旧籍。目前我正在自校五百多页的《梵谷传》，不由得对吾妻我存叹说：“我就像一个古老的帝国，终将被众多的殖民地拖垮。”为了抢救帝国，我存常在灯下戴起老花眼镜为我分担校对之劳。这本《分水岭上》有一半是她校的，另有一小半是维梁夜宿我家所接力。容我在此谢谢他们。

目录

新诗

古典诗

英美诗

白话文

小　说

综　论

新诗

徐志摩诗小论

《围城》第八十五页，名士董斜川睥睨群彦，语惊四座："新诗跟旧诗不能比！我那年在庐山跟我们那位老世伯陈散原先生聊天，偶尔谈起白话诗，老头子居然看过一两首新诗。他说还算徐志摩的诗有点意思，可是只相当于明初杨基那些人的境界，太可怜了。"

陈散原有没有说过这一番话，尚待考证，不过《围城》里的儒林百态似乎均有影射，不致空穴来风。体出山谷的散原老人，对于晚唐风味的杨基，自然不会垂青。把徐志摩来比杨基，显然是在贬徐。《麓堂诗话》批评杨基说："其曰'六朝旧恨斜阳外，南浦新愁细雨中’，曰‘平川十里人归晚，无数牛羊一笛风’，诚佳。然‘绿迷歌扇，红衬舞裙’，已不能脱元诗气习。至‘帘为看山尽卷西’，更过纤巧，‘春来帘幕怕朝东’，乃艳词耳。”陈田在《明诗纪事》中也说：“《眉庵集》中不乏冲雅之作，特才华烂漫，时伤纤巧。弇州摘其‘判醉望愁醒，愁因醉转增’，是词中《菩萨蛮》语。‘尚短柳如新折后，已残花似未开时’，是《浣溪沙》调语。”杨基诗风，当然不尽是纤巧的一类。《明诗别裁》就认为他的《长江万里图》七言短古本于李颀、常建，而《岳阳楼》一首应推为五言之杰作，一起一结尤入神境。

散原老人说徐志摩只相当于杨基的境界，大概是病其纤巧柔靡，有肌无骨。无论陈散原有没有说过这句话，据我猜想，钱默存自己多少是有这种看法的。在《围城》里，他又借董斜川之口说：“东洋留学生捧苏曼殊，西洋留学生捧黄公度。留学生不知苏东坡、黄山谷，心目间只有这一对苏黄，我没说错吧？还是黄公度好些，苏曼殊诗里的日本味儿，浓得就像日本女人头发上的油气。”

江西诗派祖述黄山谷，讲究的是“生涩瘦硬，奇僻拗拙”，专爱向古人句中去脱胎换骨，腐草为萤，对于苏东坡的行云流水，恣肆淋漓，尚且不满，对于杨基和苏曼殊之流，自然更嫌其纤柔浓艳了。徐志摩的小诗《沙扬娜拉一首》，副题“赠日本女郎”：

最是那一低头的温柔，
　像一朵水莲花不胜凉风的娇羞，
道一声珍重，道一声珍重，
那一声珍重里有蜜甜的忧愁——
　沙扬娜拉！

在徐志摩的诗里，这是一首上选之作，甜津津的，倒真是有点苏曼殊的味道，江西派诗人看到，又该皱眉了。平心而论，这首小诗韵律和意象都很贴近自然，起句好，结句更有余味。论者常说徐志摩西化。就这首诗来看，却婉转温柔，一声“珍重”三次低徊，有小令之感。柔情在这首诗里，可说恰到好处，过此就真的纤弱了。像《别拧我，疼》那一类诗，就未免太露骨，流于俗艳，置于宋词之中，当在秦观、柳永之间。《沙扬娜拉一首》之免于西化，不但在韵味，也在句法。全诗五行，没有主词，没有散文必赖的联系词，没有累赘堆砌的形容词，更没有西化句中屡见的代名词：转接无痕的文法诚然是中国的传统。另一首佳作却是比较西化的《偶然》：

我是天空里的一片云，
偶尔投影在你的波心——
　　你不必讶异，
　　更无须欢喜——
在转瞬间消灭了踪影。

你我相逢在黑夜的海上，
你有你的，我有我的，方向，
　　你记得也好，
　　最好你忘掉，
在这交会时互放的光亮！

《偶然》是一首歌，也谱成了曲，流传众口。所谓偶然，就是中国人所说的“缘”。世上之事，一饮一啄，莫非前定，同载共渡，皆是有缘。然则一切偶然都是必然，真的是不必讶异，无须欢喜了。这该是一首情诗，写的是有缘的邂逅，无缘的结合，片时的惊喜，无限的惘然。语气以退为进，实重似轻，洒脱之中隐寓着留恋。如果真的在一转瞬间形消影灭，那当然最好是忘掉，又何须记在诗里呢？所以表面上虽故示豁达，内心却是若有憾焉。在语调和情调上，表里之间对照的张力，正是《偶然》成功的地方。

前、后两段各用了一个譬喻。前段作者是云，对方是水，云是主，水是客。后段两人都是水上的船，主客之势变成了平等的对驶。有人认为两段用喻各自为政，意象结构不够调和。其实由云而水，由水而船，接得十分自然；同时，前段从投影到灭影，是否定，后段从茫茫沧海漫漫黑夜到互放光亮，是肯定。肯定了什么呢？爱情，片刻之光可偿恒久之黑暗。生命之晦暗，赖有情人烛照之。由灭影到放光，意象结构原是十分有机的。

论者常说徐志摩欧化，似乎一犯欧化，便落了下乘。其实徐志摩并不怎么欧化，即使真有欧化，有时也欧化得相当高明。他的诗在格律上、句法上、取材上，是相当欧化的，但是在辞藻和情调上，仍深具中国韵味。其实“五四”以来较有成就的新诗人，或多或少，莫不受到西洋文学的影响；

影响不在有无欧化，而在欧化得是否成功，是否真能丰富中国文学的表现手法。欧化得生动自然，控制有方，采彼之长，以役于我，应该视为“欧而化之”。欧化得拙笨勉强，控制无力，不但未能采人之长，反而有损中文之美，便是“欧而不化”。新文学作家中文的毛病，一半便是由于“欧而不化”。但是在《偶然》这首诗里，徐志摩却是欧而化之的。

“在你的波心”和“在黑夜的海上”，都是文法上的所谓副词词组（adverbial phrase），在诗中均置于句末，当然是有些欧化。不过这样使用，今日已经习以为常，不值得计较了。倒是“你有你的，我有我的，方向”一句，欧化得十分显明，却也颇为成功。不同主词的两个动词，合用一个受词，在中文里是罕见的。中国人惯说的“公说公有理，婆说婆有理”，不能简化成“公说公有，婆说婆有，理”。徐志摩如此安排，确乎大胆，但是说来简洁而悬宕，节奏上益增重叠交错之感。如果坚持中国文法，改成“你有你的方向，我有我的方向”，反而啰唆无趣了。另有一处句法上的欧化，却不易察觉，那便是最后的三行：

你记得也好，
最好你忘掉，
在这交会时互放的光亮！

匆匆读来，似乎“记得”和“忘掉”都是自足的动词，作用只及于所属之短句。仔细读时，才发现末句“在这交会时互放的光亮”不但是一个名词片语，而且是一个受词，承受的动词偏偏又是双重的——“记得”和“忘掉”，正是合用这受词的双动词。徐志摩等于在说：“你记得我们交会时互放的光亮也好，你忘掉我们交会时互放的光亮最好。”不过这么说来，就是累赘的散文了。在篇末短短的四行诗中，双动词合用受词的欧化句法，竟然连用了两次，不但没有失误，而且颇能创新，此之谓“欧而化之”。

不过，如果说《偶然》一诗的胜境尽在欧化，则又不公平。此诗的语言仍以白话为主，但是像“偶尔”“讶异”“无须”“转瞬”“相逢”等词，都是文言惯用的。要在一首短诗里调和白话、文言、欧化三种要素，并非易事。短句也处理得体：“不必讶异”和“无须欢喜”是对仗的，但第二段中的短句安排得更好。前段的两个短句，句法均是上三下二；后段的两个短句，却巧加变化，第一句是上三下二，第二句则改为上二下三。如果排成：

你记得也好，
你忘掉最好，

不但前后四个短句同一句法，读来单调刻板，而且语气僵硬无趣，倒像在吵嘴了。小小挪移一下，节奏立见生动；此事看来容易，一般诗人却想不到。只是末句我要挑一个小毛病："在这交会时互放的光亮"，十个字里，倒有六个是亢拔嘹亮的去声字，偏偏韵脚又落在去声上，而前面的几个韵脚"上""向""掉"，又都是去声，全汇在这么一段怅惘低徊的意境里，未免太刚了一点。徐志摩的音调，往往铿锵有余，而柔婉不足，曲折不够。《再别康桥》是另一首上乘的作品：

轻轻地，我走了，
　正如我轻轻地来；
我轻轻地招手，
　作别西天的云彩。

那河畔的金柳，
　是夕阳中的新娘；
波光里的艳影，
　在我的心头荡漾。

软泥上的青荇，
　油油的在水底招摇；
在康河的柔波里，
　我甘心做一条水草！

那榆荫下的一潭，
　不是清泉，是天上虹
揉碎在浮藻间，
　沉淀着彩虹似的梦。

寻梦？撑一支长篙，
　向青草更青处漫溯，
满载一船星辉，
　在星辉斑斓里放歌。

但我不能放歌，
　悄悄是别离的笙箫；
夏虫也为我沉默，
　沉默是今晚的康桥！

悄悄地，我走了，
　正如我悄悄地来；
我挥一挥衣袖，
　不带走一片云彩。

和《偶然》一样，这首《再别康桥》也是貌若洒脱而心实惆怅，只是《偶然》之惆怅乃因人而起，而《再别康桥》之惆怅乃因地而生。表面上诗人只是“挥一挥衣袖，不带走一片云彩”，似乎是无所依恋，但他的“心头”却荡漾着康河的波光艳影，“甘心”做柔波里的一条水草，而临别前夕，怅然无语，欲歌不能，连夏虫也为他沉默了。其实一开始诗人“作别西天的云彩”，便已有好景无多之感。

从晚霞到夕阳，从夕阳到星辉，从星辉到悄悄的夏夜，时序交代得井井有条。金柳、青荇、青草、彩虹，和斑斓的星辉，诗中的色彩与光芒十分动人，但听觉上却是一片沉寂，形成特殊的对照。论者常说徐志摩的诗欧化，从这首诗来看，并不如此。综观全诗，无论在情调上或辞藻上，都颇有中国古典诗的味道。“寻梦？撑一支长篙”以下的四行，简直像宋词。“我轻轻地招手，作别西天的云彩”两句，更有李白的神韵。但在这两句里，云彩还在西天，徐志摩还在人间；到了诗末的“我挥一挥衣袖，不带走一片云彩”，康桥竟已云霞掩映，俨同仙境，而徐志摩已成下凡的仙人了。意境到此，何欧化之有？同时，诗人再别康桥，悄悄的不是别离的钢琴或提琴，而是笙箫，仍不失其中国气质。至于“满载一船星辉”，虽是佳句，却源于宋朝张孝祥的《西江月》：“满载一船明月，平铺千里秋江”。

句法上倒是有一点欧化的。例如，开篇的三行：

> 轻轻地我走了，
> 　正如我轻轻地来，
> 我轻轻地招手，

确有一些欧化，但用得十分灵活：副词“轻轻地”连用了三次，在句中的位置忽升忽降，重复中有变化，绝不单调。第四段第二行在文法上和第三行不可分割，是为西洋诗中所谓的“跨行”，这也是欧化的，所以行末无标点。其实第二段的一、三两行和第三段的首行，全是跨行，原不应有标点；徐志摩都加上逗点，反而不美。

重词叠字，是本诗音调上的一个特色。篇首三用“轻轻”，篇末三用“悄悄”，前后形成双声叠字，有如天籁。整个末段的句法和首段的句法呼应，又是一种重叠。而呼应得最有趣的，则是第四段末到第六段末。“虹”“梦”“青”“星辉”“放歌”“沉默”等字眼，均重复一次，但重复的方式各异，交织成纷至沓来的音响效果，却又安排得十分自然，并不惹眼。“向青草更青处漫溯”一句，兼双声、叠韵、叠字而有之，音调脆爽至极。不过在第五段中，第二行末的“溯”字和第四行末的“歌”字，该押韵而未押韵，是一失误。徐志摩是浙江人，可能把“歌”字读成“姑”了。吾友诗人夏菁，浙江人，也有这种乡音。

徐志摩的诗当然不能篇篇这么好。大致说来，他的诗能快而不能慢，能高亢而不能沉潜，善用短句而拙于长句，精于小品而未能驾驭长篇。在《常州天宁寺闻礼忏声》《五老峰》《庐山石工歌》，以至四百行以上的《爱的灵感》等长篇之中，徐志摩的诗艺便显得照顾不周，成就不大。像《这是一个懦怯的世界》一类的作品，有意学雪莱而不成功。至于《盖上几张油纸》一类带点戏剧意味的作品，则接近哈代。其实哈代的诗在技巧上颇为笨拙，学得不好，更易流于平淡无味。徐志摩屡次试写西洋的双行体，也不够出色，不过双行体本来就难工，恐怕没有新诗人是能把双行体写成功的。如此，徐志摩在新诗上的贡献仍大有可观。

用伤口唱歌的诗人

——从《午夜削梨》看洛夫诗风之变

洛夫无疑是二十多年来中国最有分量的诗人之一。从早年的《灵河》到近年的《魔歌》，他的产量大，变化多，某些佳作已经攀登至很高的境地。现代诗的视野，由于他的探索与突破，而更形扩大。像一切有分量的诗人一样，洛夫当然也不免于缺点，他的《石室之死亡》也许是现代诗中受评量最高的一部诗集。我觉得在他的诗史上，《石室之死亡》是一突变，《西贡诗抄》又是一突变，两次突变都和地理的变迁有关，可见一位诗人的所谓“主观”，仍然要受环境“客观”的影响。洛夫在诗途上的回头，他的“生活化”和“落实化”应该是始于《西贡诗抄》。

无论他初期的作品曾有多少缺失，到目前为止，他丰厚的成就已经使他“功多于过”，且已成为中年一代诗人的一座重镇。他是五十年代屹立迄今的寥寥几座活火山之一[①]。

一位重要诗人的失手之作和一位无关紧要的诗人的平庸之作，是颇有差异的。前者的毛病往往在于“失调”，如想象过繁或是语言太紧；后者的毛病往往只是“贫弱”。前者贪功，过亦随之；后者只求无过，所以功亦无缘。前者是消化不良，后者是营养不足。我认为《石室之死亡》即使在失手之时，毛病也在失调，而不在贫弱；力量仍是有的，而且很强，只是没有打在要害。

洛夫是现代诗坛一位重量级的拳手，不久他便悟出了出拳之道，能放能收，命中率也颇高，不再像在《石室之死亡》里那样，几乎每一拳都使足了十成力。他后期的作品，无论在意象或语言上，大半都匀出了足够的空间，让读者从容呼吸。近作《汉城诗抄》一辑中《晨游秘苑》一首，每段四行，句法伸缩自如，语气从容不迫，意境由实而虚，一结余韵无穷。全诗娓娓道来，给人的感觉，只使了六七成的气力，这才是一位高手真正成熟的表现。

① 本文创于一九七八年，洛夫于二〇一八年逝世。（编者注）

这么一首小品，不用典，不借重文言，而古典的情韵手到擒来，足证现代诗之“回归”已经到家，但仍然有不少人任意诬指现代诗是西化的产品，实在是不公平的。

《晨游秘苑》和《石室之死亡》任何一节，都像是出自两人之手。洛夫诗风之变，幅度之大，目前已经很难指认哪一种风格为他的“常态”了。他的初期作品，意象丰富而大胆，音调强劲而快速，语言则刚烈而又紧凑，走的是孔武有力的路子。后期渐渐放松，结果其弹性反而增加，耐人寻味。在六十年代的早期，洛夫和唯弦都曾热衷于超现实主义，试验的结果，有得也有失。后来此风渐退，评者颇多，洛夫似乎也有了戒心，不再强调他这方面的倾向，并且想走路寻路，接通中国诗古典之禅境。其实超现实的手法，在确切把握主题的原则下，对于加强一首诗的感性，仍是有所帮助的。问题在于谁驾驭谁。如果是诗人驾驭了这种手法，当可增进他技巧的弹性，而且突破散文化的无谓交代。如果诗人驾驭无力，反而为其所乘，就危险了。洛夫后期的作品，虽然已经大异于前期，但是仍然保留了超现实手法造成的那种虚实相生亦真亦幻的惊奇之感。他最近的诗集题名《魔歌》，不是没有原因的。不过在他后期的作品里，这种惊奇感大致上是为主题服务，千变万化，自由联想，只是为了发挥主题的感性，并没有变形到迷失了主题。《汉城诗抄》之中《午夜削梨》一首，便是最好的例子。

午夜削梨
冷而且渴
我静静地望着
午夜的茶几上
一只韩国梨

那确是一只
触手冰凉的
闪着黄铜肤色的
梨

一刀剖开
它胸中
竟然藏有
一口好深好深的井

战栗着
拇指与食指轻轻捻起
一小片梨肉

白色无罪
刀子跌落
我弯下身子去找
啊！满地都是
我那黄铜色的皮肤

单论语言，这首诗实在纯净而明晰，绝少意象语，头两段更是白描。韩国属于北方的大陆性气候，干而且冷。五年前我去韩国，曾在庆州的佛国寺一宿，虽是夏末秋初，已有此感。第三段梨中有井的暗喻，感性十足。另一意象，也就是本诗的高潮，是诗末的顿悟。这顿悟并非凭空而来，在前文已经屡有伏笔。梨之人格化，先以梨皮喻人肤，继以梨心喻人胸，到了“白色无罪”，隐隐然已有人肉之想。到了诗末，抽象的人变成了具体的我。诗人弯腰去找刀子，触手惊觉竟是满地皮肤——自己的皮肤！你可以说这是想象、联想、暗喻，或是象征，可是在戏剧化的动作之中，物我忽然合一，那种似真似幻的惊疑感，其实是从超现实手法学来的绝活。这种手法当然也不全属“舶来”，中国成语里面也尽多“壶中日月”“袖里乾坤”“宰相肚里好撑船”之喻，活加运用，已足自给。

我读这首生动的小品，却有更深一层的感受。“梨”和“离”同音。韩国活生生地分为南北，“三八线”分界，真是“一刀剖下”，人民何罪，遭此国难。联想到自己的国家，也是山河不整，一峡中断，令人伤心。弯腰去找，找什么呢？找自己的真我、大我。如果刀象征分，则满地皮肤正是合。另一象征，诗人访韩，发现友邦本是兄弟之邦，文化风俗，原多相通，因此引发“满地都是我那黄铜色的皮肤”之感。这么解来，似乎也说得通。然则表面上是超现实主义的怪诞之作，深一层看，岂不是现实的委婉表现？也许洛夫自己并没有想到这么多，但是诗如冰山，隐藏在潜意识里面的内容究竟有多深，恐怕诗人自己也难决定。

《午夜削梨》的物我相喻与合一略如上析，其中还有一个特点通于洛夫其他作品，值得一述。那便是洛夫意象手法惯用的一招儿“苦肉计”。这个说法是我发明的，自认对他的诗风颇为贴切。

洛夫诗中创造的世界，本质上是一个动的世界，他的意义，不在静态中展现，而在剧动中完成。那运动，往往不是顺向的、谐和的行进，而是逆向的、矛盾的冲突。他的诗中，意念不但被赋予形象，而且被赋予象征性极强的戏剧化动作。洛夫真可谓诗人中的动力学家，他的诗艺在这方面的成就，是罕能企及的。

你和一整匹夜赛跑
永远你领先一肩
直到你猛踢黑暗一窟窿
成太阳

这四行诗摘自我的《诗人——和陈子昂抬抬杠》，也颇接近前文所说的对抗运动，但这样的高潮在洛夫诗中出现得更多，往往也更猛烈。在现代诗人之中，恐怕没有谁比洛夫更爱用“炸裂”“砸碎”“激射”“猛扑”等饶有壮烈意味的动词了。下面是他的《醒之外》末二句：

你猛力抛起那颗磷质的头颅

便与太阳互撞而俱焚

即使是在早期的诗中，这种夸张的剧动也已流露了出来，如一九五六年的《石榴树》，结尾的两行：

哦！石榴已成熟，这动人的炸裂

每一颗都闪烁着光，闪烁着你的名字

但是在这一类对抗运动的诗里，洛夫最爱做也是最善于做的，便是把命豁出去，不惜牺牲自已，危害自己的器官，以完成那一幕幕壮烈而狂热的场面。

从灰烬中摸出千种冷中千种白的那只手

举起便成为一炸裂的太阳

——《石室之死亡》第五十七节

睡眠中群兽奔来，思想之魔，火的羽翼，

巨大的爪蹄捶击我的胸脯如撞一口钟

回声，次第荡开
水似的一层层剥着皮肤
——《月亮·一把雪亮的刀子》

你们争相批驳我
以一柄颤悸的凿子
——《巨石之变》之五

我抚摸赤裸的自己
倾听内部的喧嚣与时间的尽头
且怔怔望着
碎裂的肌肤如何在风中片片扬起
——《巨石之变》之三

退役后
他就怕听到自己骨骼错落的声音
——《国父纪念馆之晨》

这种虐待自己身体的“苦肉计”，是洛夫诗中咄咄逼人、久而难忘的意象手法，也是他作品的一大特色。前文所引的《午夜削梨》那首诗里，诗人所削的对象，一番障眼法之后，竟从梨一变而为自己。切肤之痛、皮肉之苦，仍然不离自虐的手法。中国人当然也有“肝脑涂地”“肝肠寸断”“摧肝裂胆”等骇人想象的夸张意象，我却认为洛夫的“苦肉计”大半得力于超现实主义之感性联想。洛夫实在是一位用伤口唱歌的诗人。

不过，这种惊心动魄的自虐剧，无论多么有效，给人的印象多么深刻，却不宜再三演出。洛夫的这一类作品，有时令我想起梵谷的自画像和苏丁、柯柯希卡等的表现主义的风格。这也是洛夫的诗咸多甜少的原因。其实他的不少作品，与其说是咸，不如说是辛辣。洛夫是湖南人，当能以辣自豪。他自然也有甜的诗，但不是纯甜，而是酸甜。前述的苦肉计，洛夫已经行之有年，几乎成了他的注册商标，删去作者名字，也能指认。这一点，在他近期的作品中仍未完全摆脱，如在《汉城诗抄》里便偶尔会流露出来。但在他成功的近作如《午夜削梨》之中，他已经改采较低的姿势，含蓄得多。他的近作如《独饮十五行》《云堂旅社初夜》《晨游秘苑》和这首《午夜削梨》都浑成而自然，不见刀斧痕璘，值得再三品味，诚然皆是上品。苦肉计的作品虽然有更大的震撼力，但低姿势的《晨游秘苑》等却更有余味。请看下面的几段诗：

看雪只能算是附带的事
酒后的事
朋友，雪在你身边睡着
我在你身边
站着

——《雪祭韩龙云》

飞檐的背后是
围墙
围墙的背后是
寝宫内熬银耳莲子汤的香味

门虚掩着，积雪上
有一行小小的脚印
想必昨又有一位宫女

蹑足蹓出苑去

——《晨游秘苑》

《雪祭韩龙云》的一段纯为静态。《晨游秘苑》的前一段本是静态，却因景物的逐层推进而生纵深的动感，就像在影片里，物体不动而被镜头带动那样。《晨游秘苑》的后一段，则出实入虚，由观察之静引出想象之动，十分高明。这三段诗各有胜处，《雪祭韩龙云》那段虽为单纯之静态，朴素之中仍能动人。足证洛夫动静皆宜，即使不用他所擅长的大动作的“苦肉计”，也能把握事物的精神的。

在第四十八期《创世纪》的“谈诗小聚实录”里，洛夫说：“我们写诗已经三十年，如今写得少了，最大的原因，恐怕是很多双眼睛在看着你，不能不谨慎……我们诗人最大的危机是过于缺乏理性力量的支持。诗虽然不是完全理性的东西，但在操纵语言时，仍然需要理性。我们虽不必完全依赖脑子去写诗，追求机械的结构，但必须考虑到一件艺术品的完整性，每一字每一句都应有其必要性和表现上的效果。诗人的本领是操纵语言和意象，而不是被语言和意象所操纵。”

洛夫在这段话里，显然大幅度修正了他早年的基本诗观。

这是他自我约束也是自我超越的表现。在早期的若干作品里，他曾经险被语言和意象所乘，但到了后期，他终于置语言和意象于主题之下，使其为主题奔走了。超现实主义的虎背，他一度跨骑而难下，如今，他终于修成驭虎之道了。愿洛夫驱虎如驹，不断向前，因为在目前三五位决赛选手之中，他显然后劲可观。

青青桂冠

——香港第七届青年文学奖诗组评判的感想

1

在我的记忆里，近几届青年文学奖的总评会，诗组评审所花的时间，在六组之中都似乎最长。本届诗组的五位评判（除我之外，尚有吴萱人、黄国彬、何福仁、古兆申四位先生），足足讨论了四个半小时，才决定了得奖者的名单。大致说来，今年诗组的成绩不弱，但也不比去年的成绩更强——初级组甚至未能产生第一名，只选出了三个第二名。显然，今年高级组的表现比初级组要强，总算把往年初级组胜过高级组的“逆差”扭转了过来。究其原因，或许是往年初级组的投稿人现在已到高级组的年龄了。

以前诗组得奖的选手，本届再来投稿，仍获入选的有钟伟民、陈昌敏、何世敏、洪楚岳四位，其中钟伟民在荣获高级组冠军之外，更以两首佳作得到推荐奖。这情形说明青年诗人颇能再接再厉、愈战愈勇，不以“昙花一现”为满足。胡菊人先生对某些得奖青年后继乏力的现象，曾经深表忧虑。诗的创作不应该只是一脸的青春痘，发过便算，它应该是持之以恒的事业。美国大诗人弗罗斯特一生赢得四次“普利策诗歌奖”（分别在他五十岁、五十七岁、六十三岁和六十九岁），这种长征不息的后劲，值得我们学习。希望香港的青年诗人不要在桂冠犹青的年龄就提早“退休”。

在题材上，高级组和初级组有着极为显著的差别，就是中学生所受的考试压力，在初级组来稿之中成为相当普遍的题材。今年初级组第二名《中五的上学期》和《悲哀》，以及得到优异奖的《功名》《每只手都在抖》《假如我有十五分钟》，所写的竟都是考试的重大压力，比例几乎占了初级组得奖作品之半，实在值得香港教育界注意。

高级组得奖作品则相反，没有一篇涉及考试。我想，这未必表示高级组的青年没有感受考试的压力，该是他们年级较长，经验较多，所以在题材上也比较广泛，不再囿于校园之中。其实高级组更有不少作品的题材，甚至不限于此时此地，例如《捕鲸人》《冰河赋》《我是个长跑手》等篇，都已探入了想象的世界。至于技巧，也颇有差别；大致上，初级组得奖作品对题材的处理都比较直接，而高级组就间接一些。

历届青年文学奖文集之出版，往往费时经年，打铁不能趁热，在激励得奖人之士气和提倡社会之文风上，不免降低时效，十分可惜。大家都很明白，主办青年文学奖的两校同学在经济上和事务上必然要克服极大的困难（第六届青年文学奖文集编印得十分美观，值得称扬），但是我仍然希望今后此类文集，包括市政局图书馆主办的中文文学奖文集《香港文学展颜》在内，能够尽快出版。更希望各报纸杂志多多报道此类文学活动，并盛大登载得奖的作品，以引起社会广泛的注意。

不久前有一个刊物指出，近几届诗组得奖的作品颇有“余氏诗风”，言外之意似乎是说我做诗组评判，左右了投稿人所走的路子。这真正是印象派的批评，对与我同组的其他评判（每人都有一票之权）和热心投稿给诗组的广大青年，都近乎错度“君子之腹”。其实近届得奖之作，风格互异，不少佳构和我的笔法简直是南辕北辙，我何德何力而左右之？为了避免此类的疑虑，我建议今后青年文学奖的海报，不必事先公布评判的名单。这样对于义务工作的各位评判，也是一种“保护”。

本港中学所用的中文课本，里面的新诗迄今仍以二三十年代的少数旧作为主，学生习诵既久，以为新诗之道殆尽于此，对于具有创作潜力的青年，启发之功未免有限。主编课本的先生们，何妨拓宽视野，酌选一些更新、更佳之作？

2

今年高级组的成就颇为可观，尤以冠军之作《捕鲸人》令人刮目相看。此诗作者钟伟民，去年以长诗《火歌》得了高级组第三名。当时我和某些评判感到作者颇有才华，对于文字甚是敏感，但下笔有句无篇，全诗不够统一与清畅，语言往往有欠自然，前辈作家的影响也随处可见。尽管如此，钟伟民的潜力却是显而易见的。后来我们向他指陈上述缺点，特别要他摆脱过繁的语言和艰奥的意象。今年他果然不负众望，不但《捕鲸人》以全票当选为高级组冠军，同时投来的另两首《雾海螺》和《暗室之梦》也遍受赏识而再获两个推荐奖，不能不说是殊荣了。

《捕鲸人》长近二百行，是一首想象高超、气势贯串、语言自然的杰作。此诗写一位青年渔人破晓之前驾船出海，在月光下、晨曦下、午日下追捕巨鲸的心情，写景叙事在虚实之间，极富想象与感性，更有象征的意味。诗中的意象突出，种种暗示，令人不禁想起麦尔维尔的《白鲸》和海明威的《老人与海》，而渔人深恐小船变成魔舟胶在水面的那一小段，又有柯勒律治《老舟子咏》的联想。这些意念都相当浑成地化在诗中，并无生吞洋典、形同译文之病。另外，屠龙斩蛟，掣鲸碧海，钓鳌沧波，等等，在中国古典诗中也自有壮图豪举的象征意味，未必全仗西洋舶来。

新诗之中原不乏咏海的佳作，但像此诗一样鲜丽生动而又感性十足的却不多见。难得的是，虽然如此，诗中的辞藻、句法、意象、节奏等，大致上都很自然，并无刻意求工的斧凿之痕，散文化的句子虽有两三处，但不严重，容易改进。诗中警句不少，却与上下文交融无间，并无以句害篇之病。例如，“在这没床沿的水榻上，鲸鱼和我都为对方醒着”“鲨群划破海的一点皮肉”“我听到船头被海浪掌掴的声音”，这种佳句不时出现。再看下面这一段：

太阳冉冉地裂出
只有长桅挡着火矛
而海却熊熊地烧着
船头割出了火的声音
我用手捧了一瓢火呷下
一种金色的温饱流过血脉
如风飘过帆索
我感到一阵鲸鱼可爱的血腥

真是绝美的诗句！瑕疵仍然不免，如“冉冉”一词原作缓移或柔弱之状，和“裂出”在性质上不能调和。不过瑕不掩瑜，只算皮面小病。再如下面这几句，更有一种明洁空廓之美：

太阳已升到中天
在水族群无尽郁蓝的草原上

小船是一翅逐水草而居的苍鹰
滑过草原的青空，我想到
一纸孤鸢拖着雪白的长尾
天空变得晶蓝蓝的
风脆弱得像年轻水手的掌心
当桅顶飘起数卷盘旋的云
都是日光下自燃的千鹭白鸥
一片袅娜的云层落在船头
温柔如海湄穿着白裙
拾着蛤蜊的少女

《捕鲸人》洋溢着青春活力与无畏的进取精神，能推出这么一篇作品，是青年文学奖值得办下去的明证。

相比之下，得第二名的《还乡小记》只是一辑小品，风格明净而轻快，但在朴实之中暗藏机心，方寸之内另有天地，能把乡土之情和现代的技巧熔于一炉，也是难得的佳作。一辑八首之中，最隽美的该是《小鸡》《游鱼》《椒树》《日暮》《夜空》五首；这五首就算放在美国意象派的选集里，也该无愧色。其实，作者梁兆安同时投来的《桂林游踪》一辑小诗，语言上也净洁可爱，希望他朝这方向再加探索，写出整整一部小品诗集来。下面且举《小鸡》为例：

犹披嫩黄的新羽
便已默默埋首
在反复雕琢
每一寸脚下的
道路

初级组今年虽无特佳之作，但分获第二名的三首诗却也各有特色，未可小觑。杨子刚的《中五的上学期》也长近二百行，虽无《捕鲸人》的气势与分量，但表现高中毕业生委屈而落寞的心情，仍颇具叙事夹抒情的节奏感。从伊朗到金价的一段，在诗末重述了一遍，效果很好，可以说是一首颇知就地取材以反映现实生活的佳作。《悲哀》的作者吴江波，投了多篇诗来，除此篇得第二名外，更以《人生四题》《等待》《当人散后》三篇入选优异奖，可谓多产。《悲哀》也以考生心情为主题，却善于运用联想和对比，且能因词生词，就句引句，比《中五的上学期》浓缩得多。吴江波的作品颇富机智，在节奏上紧凑而有张力，像“阿基米德浮沉航空母舰难民船”之句，便跳接得好，可以直追方莘的作品。诗末的三行耐人咀嚼：

函数微积分算也算不完什么五四四五
入不了港大中大专上一生只李四张三
快读书吧，你可没有时间去悲哀

另一首第二名之作，是钟晓阳的《恋》，这是一首情诗，风格在古典与现代之间，意境在可解与不可解之间，语言则未尽成熟，不够鲜活。可喜的是到了末六行，忽然明朗起来，一气呵成，既活泼又生动，末二行尤其美好：

我穿一袭少女的痴情
把纽扣缝你衣上
来世我们若相逢陌路
必将惊梦起一种恍惚
而今让我们在这世上
活得清清丽丽如雨后第一绽蓓蕾

谈新诗的三个问题

从“五四”到现在，中国的新诗已经有六十年的历史，迄今为止，名诗人已经很多，而大诗人却屈指可数，论者每以新诗“成绩欠佳”为由来责备诗人。六十岁在人生，已是花甲之年，但在文学史上，却不能算长。唐开国百年，才出现李、杜、王、孟、高、岑等大家：杜甫、高适、岑参、储光羲等同登慈恩寺塔的那一年，唐朝立国已有一百三十四年了。欧阳修开始写诗的时候，宋朝已有七十年的历史。等到王安石、苏轼出现，那就更晚。六十年来，我们的国势不比唐宋，诗的成就怎能直追前贤？

有人会说，尽管如此，为什么小说的成绩要比诗好？我想这有几个原因。第一，小说的传统比诗浅，对后继者的压力和束缚也比诗小。相比之下，新诗对旧诗是“突变”。第二，旧小说用白话文已成传统，新小说发轫之初，在语言上只是“渐变”。新诗用白话文，在语言上和旧诗不能衔接，在格律上要挣脱旧诗，又要引进外国形式，一时难以调整。第三，在古代，写诗是读书人必具的修养，进可以应科举，退可以怡性情、酬知己；但在那时，写小说和写戏曲一样，都是儒者闭门自娱的小道，不登大雅之堂，而小说作者也多是失意的文人。但是到了现代，小说取得了正宗的文学地位，稿费又高，市场又大，不但成为报刊争取的对象，更有征文重奖加以鼓励，即使电影、电视，也不能完全取代它的地位。

中国的新诗发展至今，出现了不少问题，致使论者与作者辩论不休，争而不决。这中间，有的是纯文学的问题，有的还涉及政治意识，更形复杂。以下且就三个最迫切的问题，谈谈我的看法。

首先是大众化的问题。论者往往指责新诗，说它孤芳自赏，不够大众化，长此以往，中华恐成无诗之国。其实六十年来的新诗固然不够大众化，但是自黄遵宪、苏曼殊以来的旧诗又何曾大众化呢。有五百年来第一人之誉的陈散原，似乎也没有多少读者。真正称得上大众化的，还是唐诗、宋词之类。不客气地说一句，政治进入民主，教育兼重文理，传播工具商业化之后，儒家的诗教、蔡元培的美育等已经不能维持——真正大众化的诗，既非李杜，也非徐志摩，更非陈散原，而是流行歌。此所以大陆三十年来的“诗教”，抵不住邓丽君的一匣录音带。

大诗人也不见得就能大众化。以李白而言，“床前明月光”固然人人会背，但是《襄阳歌》《梁甫吟》之类又有多少解人？杜甫的《春望》《登岳阳楼》等固然脍炙人口，但是《壮游》《遣怀》一类较长较深的作品，也不见得怎么大众化。苏轼的名句，像“人生到处知何似，应似飞鸿踏雪泥”，像“不识庐山真面目，只缘身在此山中”，都已变作成语，流行自不待说，但是像“不减钟张君自足，下方罗赵我亦优”之类的作品，又有几人能懂？同样地，诗经的句子很多已成后世的成语，楚辞则绝少此种现象。

一般人口中的大众化，往往只指空间的普及，而不包括时间的持久。其实真正的大众化应该兼顾两者，不但普及，还要持久。畅销书往往一时普及，但十年百年之后，便已湮没无闻，那样的大众化是靠不住的。例如，王渔洋在清初，诗名满天下，曾在大明湖赋《秋柳》诗，和者数百人，但三百年后，谁也不记得那首诗了。反之，李贺生前虽少知音，但迄今千余年，他的作品仍经久不衰，甚至知音日众。又如梵高，生前只有三五知己，画都卖不出去，身后却家喻户晓，名重艺坛。诗之大众化，有时隔世始显：杜甫号称诗圣，但今传唐人所选唐诗九种，只有一种收录杜诗。直到北宋中叶，杜诗才“大众化”起来。

早年的文艺最爱讲大众化，但是江青揠苗助长的那些“小靳庄”诗歌，现在恐怕已随她的样板戏一起销声匿迹了吧。我认为让所谓无产阶级也来写诗作文，本无害处，但要自发自然，像“帝力于我何有哉！”那样的民歌才算天真可爱，否则即使是农民写的，却一味忆苦思甜，岂不成了新式的“应制诗”？所以那些诗，只能当作一种工具，写字造句的练习，不能美其名曰文艺。那样的东西只能当作“政治运动的消耗品”，用完便丢，绝不耐久。那样的大众化，只有大众，没有化。

在古代，诗的创作受科举的鼓励，有音乐的推广，又是读书人之间交际唱酬的雅事，因此诗是文化生活中不可缺少的一项。现在的知识分子日渐专业化，各行的专家学者各有所长，不再像儒家那么强调通才，更无须在吟风弄月上附庸风雅，唱酬之事已成绝响。教育制度也不再要求考生写诗；连文章都写不通了，还写什么诗呢？至于诗与歌之相结合，民国以来也未见复苏，但近五年来台湾有所谓“现代民歌”兴起，其歌曲往往取自名家的新诗，或由年轻的作曲人自撰，比起流行曲的词来，境界自高。这种“现代民歌”颇受知识青年欢迎，唱片的销量也可观，可谓大众化的一个途径。

究竟到什么程度才算大众化呢？如果中学生都读过就算大众化，那么中学语文课本里选的徐志摩等人的作品，也可谓大众化了。如果诗集有几千册以上的销路就算大众化，那么台湾至少有半打诗人可谓大众化了；一本诗集出版不到一年就告再版，这情形在台湾屡见不鲜。至于真正的大众，他们有流行歌词已经满足。不少诗的读者，终身俯仰于古典诗的天地，吟咏之乐无须他求；新诗人无力与古典诗人去争读者，也是理所当然，谁能要求六十年之变去颉颃三千年之常呢？对文学要求漫无止境的大众化，似乎不切实际。不如低调一点，要求“小众化”吧。

其次谈到散文化的问题。这个问题也牵涉诗的大众化，因为有人认为诗句如果长短不拘就像散文，又认为诗如果散文化就不便背诵，不便背诵就不能普及，也就是不能大众化。这话对了一部分，但不全对。一般人说到中国的古典诗，心里所想的往往只是形式整齐的律诗绝句，而不是古诗，尤其不是句法参差的古诗。近体平仄协调，句法整齐，韵脚固定，最近于歌，而一般人观念之中，诗，就是歌，对于新诗的要求，也就模拟。

其实中国的古典诗中，有许多作品都是句法不拘的，如果像新诗一样分行排列起来，便显而易见。例如，《离骚》的首段：

帝高阳之苗裔兮，
朕皇考曰伯庸。
摄提贞于孟陬兮，
惟庚寅吾以降。
皇览揆余初度兮，
肇锡余以嘉名：
名余曰正则兮，
字余曰灵均。
纷吾既有此内美兮，

又重之以修能：

扈江离与辟芷兮，

纫秋兰以为佩。

再看乐府《敕勒歌》：

敕勒川，

阴山下，

天似穹庐，

笼盖四野。

天苍苍，

野茫茫，

风吹草低见牛羊。

再看苏轼的古风《欧阳少师令赋所蓄石屏》：

何人遗公石屏风，

上有水墨希微踪。

不画长林与巨植，

独画峨嵋山西雪岭上万岁不老之孤松。
崖崩涧绝可望不可到，
孤烟落日相溟濛。
含风偃蹇得真态，
刻画始信天有工。
我恐毕宏韦偃死葬虢山下，
骨可朽烂心难穷。
神机巧思无所发，
化为烟霏沦石中。
古来画师非俗士，
摹写物象略与诗人同。
愿公作诗慰不遇，
无使二子含愤泣幽宫。

古诗句法参差，平仄不拘，段落杂错，换韵自由，除了还保持韵脚之外，简直可谓古典诗中之“自由诗”，正是中国诗的一大传统。足见新诗中之自由诗，也有传统的先例可依，不尽是西洋传来。至于文句回行，古典诗中也不是完全没有，不可说成尽是西法。例如，王安石的：

离情被横笛，
吹过乱山东。

又如苏轼的：

何苦将两耳，
听此寒虫号？

都近于英诗的待续句（run-on line）。英诗之中，不押韵的诗不自所谓自由诗（free verse）开始，重要的诗体如无韵体（blank verse）早就不依赖韵脚了。

古人常笑韩愈以文为诗，也就是嫌他的句法散文化。其实古体诗讲究所谓“工拙参半”，如果语语皆工，反而失之于巧，缺少曲折顿挫、欲畅先涩之味。例如，李白的《蜀道难》一诗，几乎一半的句子都是散文，像“其险也如此，嗟尔远道之人，胡为乎来哉！”等，根本不是诗句，但与七言的正统“诗化句”相辅相成，工拙对照，转接自然，反而更具古朴苍老之感，而这一点，却是通篇流利柔驯的七言办不到的。其实，韩愈和李商隐的七古学杜甫，欧阳修和苏轼的七古学李白，都走这种以文为诗的路子。诗句的散文化，只要把握得好，确实是变化诗体、重造节奏的妙法，不必尽以为病。

徐志摩的诗体句法尚称自然，但到了闻一多，不但倡导格律诗，更且以身作则，写其韵律铿锵、句法工整的豆腐干体。久之这种整齐划一的诗体便成了新月派作者共有的格式，为了保持句子等长，往往勉强凑字，为了逢双押韵，往往扭曲文法，颠倒词汇，终于沦入千篇一律的困境。至于一行诗的节奏，全以二字尺、三字尺为单位，也失之单调而破碎，难达高度之弹性；每一单位的末字又往往是“的”“了”之类的虚字，也显得没有力量，难追古典诗的圆融简洁。例如，唐人之句：

风流才子多春思，
肠断萧娘一纸书。

换成新月派格律诗的句法，便成了：

风流的才子多的是春思，
肠断于萧娘的一纸情书。

到了三十年代，晚辈的诗人如何其芳、卞之琳等，另辟蹊径，一方面要克服自由诗的散漫，另一方面又要解除格律诗的刻板，在自由与格律之间走一条折中而有弹性的路子。后继的辛笛、郑敏、绿原、杜运燮、钟鼎文、覃子豪等，似乎都是如此。我写新诗，开始是走新月派格律诗的路子，五六年后便觉其刻板无趣，改写半自由半格律而韵脚不拘的一种诗体。目前我较长的诗篇，在句法和节奏上，可以说是用一种提炼过的白话来写古风，复以西方无韵体的大开大阖，一句横跨数行甚至十数行，来相调剂。

最后谈到现实性的问题。这问题自然又涉及大众化，因为，据某些批评家说：作品若非写实，便不能反映社会；不能反映社会，便无以大众化！无以大众化，便成为个人主义的颓废之作了。现在人人都强调写实主义，但对于写实的对象，那个“现实”，却无一致的看法。

比起散文和小说来，诗是一种简短而含蓄的文学体裁，讲究因小见大，以彼喻此，达到言有限而意无穷的境地。诗不能像散文那么直抒己意，必须委婉曲折一些，而要抒的东西往往不只是意，还有情与感，复杂得多。另外，诗又不像小说那样，一定要创造一个人物，交代一个故事，和现实的关系直接而全面。诗的感觉比较主观，手法比较间接，比起其他的文学体裁来，它是不太“写实”的。

即使同为诗作，“写实”的程度也有差别。例如，同为唐诗，同为设问，下列各段在层次上便大不同：崔颢的“停船暂借问，或恐是同乡”全是写实；李商隐的“休问梁园旧宾客，茂陵秋雨病相如”则是用典自喻，以古状今，间接了许多；王昌龄“洛阳亲友如相问，一片冰心在玉壶”是用物自喻，但物象在真幻之间，去“现实”更远；到了朱庆余的“妆罢低声问夫婿，画眉深浅入时无”，诗人已经隐身幕后，用戏剧的一景来自喻，全然进入象征了。冰心玉壶固然也是象征，但是和诗人的关系一目了然，只是局部的象征；画眉深浅和诗人的关系，若无“近试上张水部”的题目，就真是无迹可寻了。

一般人提到现实，立刻就想到社会的现状，其实现实的界说应该扩大到全面的人生。如果说社会现状就是全部的现实，那么报告文学岂不成了全部的文学？我所谓全面的人生，也就是人的全面经验。如是则社会现状只是重要的中间经验。往小的一面看，尚有个人生活与自我的所思所感、所梦所欲；往大的一面看，尚有大自然与无限的时空，也就是一切生命所寄的宇宙。个人的一面，近而亲切；自然的一面，远而神秘，其实都是人生的经验，也都是现实。譬如爱情，原是人性之常，是指两人之间特别亲密的人际关系，其实也是一种社会关系。爱情的经验虽然掺了不少夸大的幻想，却也不能说全非现实。如果说只要掺了幻想的成分就不算现实，那么充满了理想和浪漫情绪的革命，也就算不得现实。从古到今，许多情诗都被学者解释成政治的影射。例如，李商隐的一些作品，明明是美丽动人的情诗，偏有腐儒之辈说成是宦途失意的寄托，结果并不能增加我们对晚唐政治的了解，反而减弱了我们对诗人失恋的同情，扫兴之至！这种偏见，认为政治才是现实，而爱情不是，政治才值得写，而“儿女之私”不值得一写。

我无意否认杜甫和白居易社会写实之作的价值，反之，我认为他们反映的社会现实非常重要，而这些作品也是中国诗中的不朽之作。但是我绝对不愿为了强调这样的写实而排斥或低估了个人经验与自然经验的表现。人性之为现实，是内在的、持久的；社会现状之为现实，是外在的，变动的。一篇作品如能搔到人性的痒处，触及人性的痛处，则虽不曾直接反映社会现状，也不能斥之为不现实。伊丽莎白的时代，官方禁止戏剧评述政治与时局，莎士比亚仍有自由去探讨人性的现实，而成为戏剧大家。白居易的《问刘十九》写私人的友谊，杜甫的《望岳》写自然的壮观，都意味深长，百读不厌，不下于他们的社会写实之作。请看崔颢的《长干行》：

君家何处住？
妾住在横塘。
停船暂借问，
或恐是同乡。

短短的五绝之中，既不见社会现状，也不见唐代政局，对于社会学家和历史学者毫无帮助，但其中有一样真实而持久的东西吸引着我们，那便是人性。是那女子的口吻、乡井的情谊、旅途的寂寞、男女的相引，打动了千年后的读者，而这些，超越了变动不定的社会现状，正是人性之常。一首诗能把握这样的现实，才能垂之永久。再看陈子昂的《登幽州台歌》：

前不见古人，

后不见来者，

念天地之悠悠，

独怆然而涕下。

这样的一首诗，当然也可以牵到政治上去，说此乃燕昭王广招贤士的黄金台，子昂身为贤士，却以谏军略不纳，罢为书记，怀才不遇，于是吊古伤今，悲歌涕下。这样的说法原也不错，但总觉其以史诠诗，不能尽兴。古来慷慨悲歌，似乎不必尽为怀才不遇。刘邦既得天下，回到故乡，正是衣锦昼行，原应十分得意，为何一曲《大风歌》后，却要“慷慨伤怀，泣数行下”？曹操位极人臣，权倾天下，为什么《短歌行》前八句却又那么悲观，近乎虚无？陈子昂的《登幽州台歌》，可以说是个人的，也可以说是宇宙的，但其中实在见不到多少唐朝的社会。敏感的心灵在登临之际，以生命的短暂面对千古的悠久，以个人的渺小面对造物的无穷，在时空双重的压力下，不免怅然自失，怆然泪下。个人的思绪越过社会的拘束，纵而交于无止的时间，横而接乎无限的空间，个人的没入了宇宙的，乃有此苍茫神奇之绝唱。《敕勒歌》也是如此，但其中似已无我，不像《登幽州台歌》四句都有我在。强调社会性的论者仍然可说《敕勒歌》中还是有游牧民族的社会性，这正如说《登幽州台歌》是封建文人脱离了人民，昧于社会的发展，精神无所依附的表现，一样地勉强可笑。“念天地之悠悠，独怆然而涕下”，这样的诗句，由远征月球或火星的航天员读来，面对着邈寂荒凉的星空，常有更新更强的感受，因为它拨动了人性深处的一根弦，触到了内在的现实。

古典诗

连环妙计

——略论中国古典诗的时空结构

像一切的作家一样，诗人不但应该细于观察，还要敏于想象：观察以了解事物，想象则投入事物的核心，与事物合为一体。雪莱在《诗辩》一文中曾说："想象所行者，乃综合之道；理性重万物之异，想象重万物之同。"观察所得只是现象，现象经想象之贯串与重组才能变成真理。观察到了尽头，诗人的工作便要由想象来接力了。想象，可以说是一种训练有素的无远弗届的同情，不但同情他人，还要同情各种生物、无生物，甚至抽象的事物。诗人怀抱的正是这种"泛人道主义"，不但施于人类，而且及于万物。观察不足，要靠想象来延伸，从观察到想象，是由近而远，推己及人。想象，可以喻为观察之弓派出去的箭，有其一定方向一定目标，不是胡思乱想，无的放矢。普通的箭能发而不能收，有去而无回，想象之矢却可放可收，好像澳洲土人手掷的L形木刀（boomerang）一样。有了想象的自由，诗人才能超越时间和空间的局限，出今入古，瞻前顾后，“坐觉一念逾新罗”，无往而不利了。

我们惋惜一首诗局部突出而整体未谐，常说它“有句无篇”。严羽曾说：“汉魏古诗，气象混沌，难以句摘，晋以还方有佳句。”我们不必同意沧浪崇古之说，但是一首诗局部的精警必须役于主题而为整体服务，不可功高震主，则是无可置疑的原理。一首“气象混沌”的杰作，往往泯句于篇，严羽所谓“唐人尚意兴而理在其中，汉魏之诗，词理意兴，无迹可求”。不过严羽的说法，像许多诗话一样，只是点到为止，缺少分析，过于简单，令人难以捉摸。我认为不少一气呵成、难以句摘的杰作，好处往往是在结构，亦即前人所谓的布局。结构的安排，手法不一，可以分成形式结构、音调结构、意象结构和时空结构等多种。其中时空结构乃指一首诗的事件在时间和空间上的发展——在成功的诗中，这种发展有助于主题的探索与澄清。且以李商隐的七绝《夜雨寄北》为例：

君问归期未有期，
巴山夜雨涨秋池。
何当共剪西窗烛，
却话巴山夜雨时。

第一句里的“归期”属于未来。第二句则是目前的即景。第三句是展望未来，诗人和妻子重聚之时，西窗之下、烛光之中，如何向她倾诉此刻他乡夜雨的心情。末句的“却话”上承“共剪”，固然是指未来，但到了那时，“巴山夜雨”早已成为过去。这首诗在时间结构上，首句以未来起，第二句以现在接，第三句推向未来，末句又拉回现在。但是末句在字面上虽拉回现在，实际上却成为“未来之过去”，在本质上起了蜕变，时间上乃有了纵深感，不再是平面而顺序的结构了，末句的繁富尚不止此，因为“却话”两字不但是第三句的延伸，更把未来和现在天衣无缝地接上了榫，第三句的“共剪”，末句的“却话”，和首句的“归”互相呼应，且使

“归”之形象生动，而“共”又和“君”相应。末句的“巴山夜雨”，和第二句的“巴山夜雨”，貌似重复而实为变化，这八个字加上首句的两个“期”字，二十八字中倒有十个字相叠，读来并不觉其累赘。

空间结构也颇多变化。首句指向家中（当系河内），在巴山之北，次句拉回此地，亦即他乡。第三句回到家中，亦即所谓“西窗”。末句却又拉回此地，但对“西窗”而言，却又成了异地了。空间结构和时间结构是紧密叠合的。

短短一首七绝，时空的结构却如此繁富多变，方寸间真可谓别有天地了，但本诗的时空结构之上，还附丽了一重意象结构。所谓意象结构，是指一首诗内的许多意象，或因类似而相属，或因相反而对照，或因联想而相应，总之应该此呼彼答，有机发展，成一系统。《夜雨寄北》的意象结构，是对照的。“巴山夜雨涨秋池”的意象，细加分析之下，“山”是高的，“夜”是黑的，“秋”是冷的，“雨、涨、池”是湿冷而深沉的，予人的印象是高寒黑湿，下一句的“何当共剪西窗烛”在形象上却是亲密而温暖的，和上一句形成尖锐的对照。前一句是户外意象，空旷、黑暗而凄凉。后一句是户内意象，小巧、明亮而热切。前一句是雨的世界，是大水，后一句是烛的世界，是小火。凄凉的雨意而以一人当之，温暖的烛光而由两人共享，意象结构的对比，本已十分高明，但到了末句却又深了一层，巴山夜雨的意象，在次句原是凄凉的，但末句重新出现时，却成了与爱妻西窗相对、剪烛夜话的回忆，异时异地之苦因倾诉而宣泄，得分担而减轻，竟又苦中带甜（bittersweet）了。

《夜雨寄北》的结构和气氛，令人想起英国十六世纪的一首古民歌《西风吹》（*O Western Wind*）：

西风啊西风你几时吹，
　吹霏霏的细雨下降？
基督啊愿情人在我怀里，
　而我在自己的床上！

两诗相比，民歌当然浑璞天真，爱情的流露也直接而大胆。中国的爱情到窗为止，诉之动作也止于剪烛夜话，西方的爱情以床为结，且形之于拥抱。一个含蓄，另一个坦率，风格自是不同。但两诗相似之点却也不少。首先，都是四行的短诗，英诗原文四行音节的数目依次为八七八七，和中文的七言也很接近。其次，诗中男子都作客他乡，所怀思的女子都在故里，相思之中都含有乡思。复次，两诗都有雨，虽然唐诗秋夜的豪雨是写实，而英诗春日的细雨是虚设。最后，两诗的前两句和后两句都形成对照——前是户外的风雨，凄凉而孤独，后是户内的爱情，温暖而亲切，对比之下，重聚的喜悦更形珍贵。

《西风吹》到底是坦率的民歌，时空结构的发展是顺序的层层递进，至于诗末的焦点——无论时间的推移或是空间的转变，都是单向的、前瞻的。《夜雨寄北》则是从此时此地投射到他时他地，再从他时他地反弹回此时此地，犹如两镜对照，互为虚实，所以在时空结构上曲折得多。和《夜雨寄北》结构相近的，还有王维的《九月九日忆山东兄弟》：

> 独在异乡为异客，
> 每逢佳节倍思亲。
> 遥知兄弟登高处，
> 遍插茱萸少一人。

王维的主题也是他乡怀人，只是对象是兄弟，不是太太。诗中也有一番对照，但不是对照户内与户外，温暖的烛光与凄冷的雨声，而是对照兄弟的热闹和自己的孤单——“独、客、一人”再三强调的正是这种孤单之感。“每逢”两字更点出他乡独客为时之久。“遥知”两字的功用同于李商隐诗中的“何当”，都是向另一世界投入的发射台。在李商隐的诗中，想象发射出去，命中点是“西窗烛”，然后反弹回来，回到夜雨的巴山。在王维的诗中，想象的命中点是“登高处”，反弹时则是回到独客异乡的“人”。末句“遍插茱萸少一人”，表面上是客观的叙述，其实也可以解为兄弟们在故乡一同登高，大家分佩茱萸，心里都想：“可惜维弟不在家里啊！”

诗末止于“一人”，在形象上，又回到诗首的“独在异乡为异客”，在结构上，则是首尾相衔，巧接连环。这一点和《夜雨寄北》是一致的。难堪之情独当，欢娱之情共享，也是两诗相同之处。不过在时空结构上，两诗却有一大差异。李商隐诗中投射的另一世界，由异时异地组成，兼有时间与空间的因素。王维诗中投射的另一世界，却只有异地一个因素，因为两个世界的时间是共有的——均为重九之日。王维诗中的时间是平面的，李商隐诗中的时间和空间都有层次感。李诗的投射是双元的，王诗的投射是单元的。以曲折微妙而言，李胜于王；以开诚率性而言，则王诗富于亲历感（immediacy）和同时性（simultaneity），自有一种感人之处。

两诗相比，还有一层差异。李诗的想象，从另一世界（未来，家中之西窗）反弹回来，本应作用于此时此地的“巴山夜雨”，但“巴山夜雨”到第二次出现时，对于已经回到家中坐在西窗下的诗人而言，却已变了质，成为回忆中的异时异地了。想象反弹回来时，作者已经不在巴山，回忆中的形象虽然依稀，却不那么直接。可是王维诗中的想象，从“兄弟登高处”反弹回来时，作者仍在原地，所以接个正着。作者和他的兄弟在同一时间平面上，才能如此。再看陈陶的《陇西行》：

誓扫匈奴不顾身，
五千貂锦丧胡尘。
可怜无定河边骨，
犹是深闺梦里人。

这首诗和前两首诗又颇不相同。前两首诗中，发言人都是当事人，即所谓的第一人称。这首诗中，发言人不是当事人，可谓无我（impersonal），或第三人称。《陇西行》通于《夜雨寄北》和《西风吹》的地方，是诗中场景是从户外拉回户内，从“匈奴”“胡尘”“无定河”推移到“深闺”，更进一步，甚且直入“梦里”。此诗和《九月九日忆山东兄弟》相同的一点，是两诗后两行都在同一时间平面上进行，亲历感和同时性很强。说到对照，此诗有主副二处：主当然是河边骨对梦里人，副则是貂锦对胡尘。前三句都是写实，到了“犹是”两字，观察便飞腾为想象，投射入另一个世界，顿悟完成。河边骨是实，梦里人是虚；无生命的反而是实物，有生命的反而是虚构。“河边骨”如果改成“河边鬼”，不但对仗太死板，而且化实为虚，遂使“河边鬼”与“梦里人”两虚相对，反而失却依凭了。在陈陶的诗中，实骨与虚人，经想象的大力一压，忽然叠合为一体，害得闺中少妇枉把热情寄托在冷骨之上，对照之尖锐，达于顶点。其实冥明殊途，人鬼不通，本是两个不同的空间，作者却把它们压在同一平面上，虚实相生的效果极佳。此诗既为第三人称，想象似乎并无反弹作用，其实还是有的。此诗到“貂锦”为止，前十一字中，那些将士仍是“人”。从“丧”到“骨”的十字中，他们变成了鬼。末句七字中，鬼又还原为人。虽然梦里人是假的，但在梦的空间里却是真的，好处也就在这种疑真疑幻之间。诗末的人再一反弹，又与那些将士成仁之前的生活，譬如挥别妻子，誓扫匈奴，等等，合而为一。所以此诗与李商隐、王维两诗在结构上都是首尾连环，拆之不断的。

我的结论是：诗人创作，虽托根于现实，却绽放于想象。有了想象，现实的片段才能贯串成真理，不同的世界才能沟通成艺术。诗人乘着同情的想象，竟能合于万物，在多元的时间和空间之中自由来去，为习于陈规老套的麻木心灵揭开一幕幕的新秩序。古典诗人严密又灵活的时空结构，值得新诗人好好学习。

星垂月涌之夜

杜甫《旅夜书怀》一诗的名句："星垂平野阔，月涌大江流"，历来解释不一，最近更因中学课本上的注释引起异议而更受人注目、令人遐想。十月十五日在台湾《中华日报》的"文教与出版"副刊上，读到郭永松先生《"星垂、月涌"注释质疑》一文，据称："初中本注为'辽阔的平野上，只见星空低垂；奔腾的波浪上，有月光在涌动'；高中本注为'垂，垂照，照临。一本作随'，意思是'夜里，在星光的照临下，平野显得格外辽阔'；'涌，跃动。大江，指长江'，意思是'月光跃动在水上，江水不断地奔流'。"郭先生认为初中本的注释胜于高中本；他对这两句的看法是：“因为野旷，才觉出远处的星子低垂；因大江奔流，始见月。”我认为郭说颇有道理，却还不够圆满，需加补充。《旅夜书怀》的全诗如下：

细草微风岸，
危樯独夜舟。
星垂平野阔，
月涌大江流。
名岂文章著，
官应老病休。
飘飘何所似，
天地一沙鸥。

我认为“星垂”的意思，便是天边的星贴近了地平线，因为天顶的星是不能“垂”的。可以想见，细草之岸应无大树遮蔽，孤独之舟四顾也没有其他船的灯火，停泊江边，地势空旷，所以望眼无碍，连天边低垂的星都看得见。如果地势不平坦、不开阔，到处都是障碍物，当然见不到“星垂”的现象。反过来说，则星垂，乃知野之平阔。

有的版本作“星随平野阔”，我认为远不如“星垂平野阔”，其理有三。第一，老杜是对仗的高手，首联“细草微风岸，危樯独夜舟”，便以岸之横延对樯之竖立。到了颔联，“垂”乃平静向下之姿，“涌”乃剧烈向上之势，对比恰到好处。以“随”易“垂”，这均势便打破了，因为“随”往往是一个因人成事随人俯仰的“次要动词”，甚或是介系词。岑参的诗句：

晚随天使入，
暮惹御香归。

“入、归”当然是主动词，“随、惹”只能称次动词或介系词。我们可以说“晓入暮归”，却不可说“晓随暮惹”。同理，李白的诗句：

山随平野尽，
江入大荒流。

其中“随、入”二字都只是介系词。然则杜诗之中，岂可以

“随”之弱当“涌”之强？第二，“山随平野尽”是合理的，“星随平野阔”却不大合理。通常“随”所依附的动词，往往表示一件事的后果。例如，“随着他打转”“随着你走”“随世浮沉”“随之消失”，等等，都是如此。可是星怎能随平野而俱阔呢？充其量，只能说星空随平野而见其阔大。至于星本身，只能远，却不能阔。第三，诗话家都说老杜这两句诗本于李白，我认为就因如此，更应该是“星垂平野阔”而非“星随平野阔”。杜甫身为大诗人，《旅夜书怀》又是晚年之作，这两句诗在句法上已有袭李之嫌，岂有在重要的关节上不求脱胎换骨，竟甘于三字皆同之理？庾信诗句：

白云岩际出，
清月波中上。

到了老杜笔下，点铁成金，就成了：

薄云岩际宿，
孤月浪中翻。

同理，可想老杜不甘再袭李白的“随”字。

至于“月涌大江流”一句，一般解释不尽令人满意。我想，四野既然平阔，月轮升起，其势如涌，必定赫然可见。诗人既在江边，则所见月出，应近水面。杜甫写此诗，据推断“当是永泰元年去成都，舟下渝、忠时作”。更可想见他这老病孤舟也好，危樯独舟也好，船头必然向东，很可能正对着东升之月。如是则江面顿时反映起一片月光，由于有风，月光在波浪上更见跳荡，也益彰大江东流之势。许多解释，说月已在天，俯照大江之流，把杜诗的动感抹杀殆尽。说“因大江奔流，始见月涌”，恐怕也不免颠倒因果。我说“月涌大江流”是月出之景，因为“以杜诠杜”，似乎“有诗为证”。君不见，“孤月浪中翻”所本之“清月波中上”，原是月出之景？又不见，就在《旅夜书怀》前一年的《阆水歌》中，便有这么两句：

正怜日破浪花出，
更复春从沙际归。

仇兆鳌注谓：“日出浪中，照水加丽；春回沙际，映水倍妍。”

足见日出浪中与月出浪中，一为“破”，一为“涌”，动感相似。所以《旅夜书怀》的前三句，全是静境，尤是“星垂平野阔”之静寂，最能托出“月涌大江流”之动荡。诗人在风前星下、四野悄然、独自冥想之际，忽然月出水面，波光跳荡，照见大江滚滚、浩荡东去之景，因而慷慨自伤，简直是一大震颤、一大启示了。

重登鹳雀楼

王国维说李白的"'西风残照，汉家陵阙，'寥寥八字，遂关千古登临之口"。纯就气象着眼，此说或可成立，但登高临远之胜，不必专在气象，如与李白同时期的王之涣，在《登鹳雀楼》一诗中所蕴含的哲理，也是一种至境，不见得就逊于李白的气象。其实登临之口是关不了的，即使同一座鹳雀楼，在王之涣之后半个世纪，也还有李益和畅当来登览赋诗。沈括在《梦溪笔谈》中说："河中府鹳雀楼三层，前瞻中条，下瞰大河。唐人留诗者甚多，唯李益、王之涣、畅当三篇能状其景。"沈括列举三人的次序颇不合理，因为就时代而言，李益和畅当都是大历进士，远在王之涣之后，就诗言诗，李、畅登临之作也不如王之涣，怎能把王置于李、畅之间呢？兹列三诗于后，以便比较：

登鹳雀楼　　王之涣

白日依山尽，

黄河入海流。

欲穷千里目，

更上一层楼。

登鹳雀楼　　畅　当

迥临飞鸟上，

高出世尘间。

天势围平野，

河流入断山。

同崔邠登鹳雀楼　　李　益

鹳雀楼西百尺樯，

汀洲云树共茫茫。

汉家箫鼓空流水，
魏国山河半夕阳。
事去千年犹恨速，
愁来一日即为长。
风烟并起思归望，
远目非春亦自伤。

畅诗和王诗一样，是五言律绝，后联颇有可观，但全诗止于写景，未免平面了一点。李诗只有颈联情理交融，颇饶奇趣，余皆平平，一结尤弱。王诗能从景物转入人生，从特定的现象提升到普遍的真理，呼应紧密，转折自然，已入化境，当然是三篇之冠。从表面上来看，王诗前半写景，后半寓意，其实不尽如此。我认为这首诗的地理似乎有点问题。

小时候念这首诗，直觉上以为山屏于西而黄河向东奔流——日落向西，水逝向东，空间感何其壮阔。现在细读了注解和诗话，不禁大为失望。根据清《大清一统志》所载："山西蒲州府，鹳雀楼在府城西南城上。旧志：旧楼在郡城西南，黄河中高阜处，时有鹳雀栖其上，遂名。后为河流冲没，即城角楼为匾以存其迹。"蒲州府就是现在的永济县，在山西省的西南端，正当潼关之北约二十五公里。沈括说此楼“前瞻中条，下瞰大河”。我们试看地图，便知由东北向西南行的中条山一直伸到黄河岸边。从鹳雀楼上远眺，黄河滔滔，是向南流的，要到潼关附近，才折向东流；至于中条山，却在楼之东南方向。而西眺呢，黄河对岸，却是一望平原。畅当说“天势围平野”，正是指此，而“河流入断山”，则是指黄河南下复东折的地势了。李益的诗句“鹳雀楼西百尺樯，汀洲云树共茫茫”，也说明西望只见河上桅樯、洲上云树，不见畅当所谓的“断山”。如此说来，王之涣的“白日依山尽”并非实景，而“黄河入海流”却是南流，而非东流，和我小时驰骋的想象颇不相同。

当然，艺术的至境不必是写实。所谓“现实”，只是艺术的素材，往往需要大匠加工，妙手重造，才能成为完整无憾的艺术品。李贺所说“笔补造化天无功”，正是此意。偶尔不符史实或地理，对一首诗可谓无伤大雅。苏轼作品中的赤壁不是曹瞒的赤壁，济慈十四行中的科德斯不是当初发现太平洋的西班牙英雄，但都无碍于作品的艺术价值。让考证家去大惊小怪吧，诗原不是地方志或编年史。诗人写景，往往是在造境，终而臻于写意。

既然如此，还不如回到我小时候的直觉世界，把这首诗读成一首造境写意的杰作。在格律上，这是一首“律绝”，也就是说，这四句诗无论在平仄、用韵、对仗上，都同于五言律诗中间的颔联与颈联。格律的对仗性当然也影响此诗在时空关系上和意象经营上的结构。

“白日依山尽，黄河入海流”，当然是空间意象——白日依山，尽于极西；黄河入海，流向极东。可谓极空间之壮阔，但读深一层，亦可视为时间意象——白日落山，言一日之终；黄河入海，喻千古之长。“尽”，是停止，“流”，是延伸。两者的对照，正是短暂对永恒。但其间的关系尚不止此。白日虽已暂尽，旭日会当再生：表面上是暮色忽至，实际上却是轮回无穷。另外，黄河入海虽然万古不竭，但河里的水源源不断，每一波都是新的：表面上永远不变，实际上，却是刻刻在变。极东与极西、短暂与永恒、轮回与创新，一句话，宇宙的奥妙、人生的真谛，一刹那尽入诗人的眼底，震撼他惊喜而怅惘的心灵，这一切看似熟悉实则奇异的妙相幻境，这种种的难知与未知，一齐向他的无知招手。千里目所要追求的，原非地理上的一州半郡，而是精神上的解答。

“欲穷千里目，更上一层楼”，字面对仗而意义相续，也就是说，看似平行线，却是连贯线，即所谓的流水对。“欲穷千里目”是动机，“更上一层楼”是相应采取的行动；前句是因，后句是果。但层楼更上之后，千里奇景尽收眼底，则后句又是因而前句是果了。幸而此诗到“更上一层楼”便告结束。上去之后是否快哉骋目，一览千里，作者却不说。意料之中，应该是的。

但是鹳雀楼只有三层，上去之后真能游目千里吗？这还是小问题，大问题是白日已尽，暮色四起，这时候纵然登高，真的能够眺远吗？当然这是戏言，犹如毛西河对东坡吹毛求疵，说春江水暖，为何独鸭先知。我自己也写诗，断无执常识以诘诗人之理。这原是一首造境写意之诗，前面我已说过。

可是想深一层，我提出来的问题恐又不尽是开玩笑。白日与黄河两句的对照牵涉短暂与永恒、轮回与创新，以及短中寓常、长中多变的错综哲理，岂易一目了然？等到攀上顶楼，早已暮色四起，千里苍茫了。真理之难知也如此。欲追白日，而白日已尽，欲追黄河，而黄河远逝，欲穷千里之目，而倏已黄昏。上得楼来，固然看得愈远，却看不了多久了。人生的阅历老而愈丰，只可惜暮色逼人而来。

我的诠释恐已偏于神秘与悲观。但王之涣的原意仍然具有盛唐人物的大度与达观。君不见，此诗只有第一句是封闭的，后面的三句却都是开放的，不但开放，而且延伸？此诗始于“白日依山尽”，那是向下的运动，但终于“更上一层楼”，却是向上的意志了。尽管逝者如斯，时不我与，人在宇宙间不懈的奋斗，仍然是诗与历史最可贵的主题。杜甫少壮的豪语：“会当凌绝顶，一览众山小。”王之涣倒过来说，把登临诗提升到哲学的高度，诚然是盛唐之音的杰作。

三登鹳雀楼

我的短文《重登鹳雀楼》去年十月十四日在《人间》刊出之后，引来了两篇反应的文章：其一是吴宏一先生的《天势围平野，河流入断山——读〈重登鹳雀楼〉》，刊于去年十二月十二日；其二是徐复观先生的《答薛顺雄教授商讨〈白日依山尽〉诗》，刊于今年五月二十二日。鹳雀楼乃历史名胜，而非私家禁地，人人得而登之。登楼所见，因人而异，也是意料之中的事。现在容我三度登临，再抒所见，以便教于其他游客。

首先，谈到《白日依山尽》一诗作者的问题。吴宏一先生根据芮挺章所编《国秀集》，推断此诗当为朱斌所作，又据祝诚的《莲堂诗话》说是朱佐日所作，且疑朱佐日或即朱斌。我想这里面恐怕还有问题，因为《国秀集》和《全唐诗》都注明朱斌是处士，但《莲堂诗话》却说朱佐日仕为御史，可见二朱不是一人。另有一层可疑，便是《国秀集》置此诗于朱斌名下，末句作“更上一重楼”；《唐诗纪事》置此诗于王之涣名下，末句亦作“更上一重楼”。可是到了《全唐诗》里，此诗并见朱、王名下，在朱名下的末句仍是“更上一重楼”，在王名下末句却改成今本常见的“更上一层楼”。文学史上这种“双包案”很多。王之涣传后之作只有六首绝句，偏偏这首“白日依山尽”还有一位朱斌来争夺，真是可恼。希望吴先生再加考证，把此诗的著作权查个水落石出，免得王之涣落个“五首半”之讥。

其次，因为我指出鹳雀楼西一望平野，落日无山可依，又指出白日既落，暮色四起，即使层楼更上，也难目穷千里，吴先生乃据徐增与章燮之说，提出“白日”一词的不同解释：大意是说此诗的“白日”不是太阳，而是“白天”，极言中条山高，天为之小，登楼人的视野乃为所蔽。王翼云所注的《古唐诗合解》，在“白日依山尽”句下也注释说：“楼前所望者，中条之山，其山高大，为日所遮（疑乃“日为所遮”之误——笔者），本未尽而若依山尽者，山高可知。”此说颇近徐增与章燮所言。

这种说法也有不妥之处。唐人咏鹳雀楼，极言其高，除了吴先生所举耿沣的“城上高楼飞鸟齐”（按此句不见于《全唐诗》），吴融的“鸟在林梢脚底看”，畅当的“迥临飞鸟上，高出世尘间”之外，尚有殷尧藩的“危楼高架泬寥天”和司马扎的“楼中见千里”。最可恼的是最后的这句“楼中见千里”，简直把王之涣的诗意全破坏了。既然楼高如此，就应该不怕山高蔽天；另外，既然山高如彼，则纵使登楼，也难穷千里之目。现在既言山峻，又夸楼高，两者不免抵触。何况畅当诗说“天势围平野”，也和山高蔽天之说不合。

“白日”一词固然可作“白天”“白昼”解，像阮籍的“娱乐未终极，白日忽蹉跎”，又像李颀的“白日登山望烽火，黄昏饮马傍交河”。但是在一般情况之下，此词常指太阳，尤其是落日。楚辞《思美人》之句：“开春发岁兮，白日出之悠悠”，当指朝日。但是像阮籍的“朝阳不再盛，白日忽西幽”，陶潜的“白日沦西阿，素月出东岭”，谢朓的“白日丽飞甍，参差皆可见；余霞散成绮，澄江静如练”，以至于张乔的“春风对青冢，白日落梁州”，其中的白日无一不是落日。司马扎《登河中鹳雀楼》的颈联：“兴亡留白日，今古共红尘”，此地的白日分明也是落日。朱超诗句“落照依山尽”，更是一个佐证。

但是最重要的一点，是此诗追求的开阔视界。必焉日没于西而河赴于东，那空间才够开旷——何况这是一首律绝，无论音义或词性，都应对称。如果依从徐增和章燮之说，则（中条）山高蔽天，在楼之东南，而黄河南流又东折，大致也在同一方向，就失去那种两极相对的广阔之感了。因此我仍以为白日当指落日，而非白昼或天光。

唐人登鹳雀楼之作，除了李益和畅当的两首可以看出西望无山之外，尚有耿沣和吴融的两首可以参证。耿沣的《登鹳雀楼》为五律：

久客心常醉，
高楼日渐低。
黄河经海内，
华岳镇关西。
去远千帆小，

来迟独鸟迷。
终年不得意，
空觉负东溪。

吴融的《登鹳雀楼》为七律：

鸟在林梢脚底看，
夕阳无际戍烟残。
冻开河水奔浑急，
雪洗条山错落寒。
始为一名抛故国，
近因多难怕长安。
祖鞭掉折徒为尔，
赢得云溪负钓竿。

耿诗于黄河之外，只及华岳，不提中条。华山在楼之西南五十公里，远在陕西境内，楼上当然看不见。吴融说得更清楚：条山（中条山）在东南方向，但西望却是“夕阳无际”，一片空旷。

为了解脱西望无山的窘境，徐复观先生提出了另一种解释。他说："下午的太阳照射在山的西面，所以人向东望时才可以看到山上的太阳。这正是此诗作者登上鹳雀楼时向东望去所看到的中条山上的太阳。不过他是黄昏时登楼，中条山上的太阳已经是夕阳斜照，山下夕阳斜照随太阳的西沉而慢慢收敛，山上的斜照收敛完了，太阳也就完全沉落下去了。所以我们乡下称'日没'为'太阳下山'。余先生何以不在'依山尽'三字上体会，却硬要作者背着眼前中条山上的斜阳，非掉转身去'西眺'呢？"

我认为观赏夕照，当然应该"西眺"，怎会背着日轮和晚霞，东望山上的残阳呢？乡下人说"太阳下山"，当然是指"日落西山"，不会指"日落东山"。此所以我们只说"日薄西山""夕阳西下"，意在夕阳本身，不在夕照所及。此所以阮籍说"白日忽西幽"，而陶潜说"白日沦西阿"。"依山尽"当然是说为山所蔽，怎会是指面山而敛？

我在《重登鹳雀楼》一文中指出此楼地理，实际上是黄河南下，而中条山障于东南，因此"白日依山尽，黄河入海流"那种穷西极东的空间，该是造境。徐先生则认为不写实景却去造境，无此道理。但在后文之中，徐先生却说登临之作“常不期然而然的把想象融和在一起”，更举杜审言祖孙之句“楚山横地出，汉水接天回”和“吴楚东南坼，乾坤日夜浮”以相印证。其实这两联的次句虚实参半，正是我所说的造境。徐先生否定我的造境说于先，却自引造境之句以印证他的“想象融和”之说于后，似乎自相矛盾。

最后徐先生又指出，我对“欲穷千里目，更上一层楼”的诠释，失之深解原意，似乎太知性化，太哲理化了。他说：“哲学是‘方以智’，诗则是‘圆而神’，责难宋诗者的口实之一，是说宋诗爱说理，爱发议论。所以拿着哲学式的固定格套来评鉴时，可能说得愈高，离开诗的本质愈远。中国诗的大统，其本质是感情而不是哲理，则是可以断言的。当然二者不可断然截此，但也必有主从之分。”

徐先生这一段话涉及许多问题，在原则上我是赞同的。不过，诗人在诗中议论纵横，与诗评家在诗评之中把诗人含蓄的哲理析而发之，是两件事情。说诗人不宜多发议论，是对的。说诗评家不可自命解人，向诗境去阐发哲理，则不一定对。如果诗评家无中生有、穿凿附会，甚至曲解原意，当然成为诗的罪人。如果诗评家循着诗人的原意将诗境拓广或加深，且能议论风生、自圆其说，则不论其说是否“达诂”，总可聊备一说，为该诗提供一个新观点，以待来者取舍。

诗，原是虚实之间的一扇门，由实开向虚，诗人实言之者，“别有用心”的读者往往看成象征。现代最有名的例子，便是王国维所说的：“古今之成大事业大学问者，必经过三种之境界：‘昨夜西风凋碧树，独上高楼，望尽天涯路。’此第一境也。‘衣带渐宽终不悔，为伊消得人憔悴。’此第二境也。‘众里寻他千百度，蓦然回首，那人却在灯火阑珊处。’此第三境也……然遽以此意解释诸词，恐为晏、欧诸公所不许也。”在同一书中，王国维又以“昨夜西风凋碧树”数句为诗人之忧生，复以“百草千花寒食路”数句为诗人之忧世。王国维明知诸词意不在此，却引来印证自己的哲理，虽然就实觑虚，却能抉发新意，自圆其说。王翼云在《古唐诗合解》中释“更上一层楼”云：“若欲穷目力之胜，于此楼上再上得一层才好。此皆诗人题外深一层写作，设此虚想，非真有楼上楼尚未登也。”这一段话化实为虚，别有会心，另有理趣，也值得存备。除非起诗人于地下，谁也不敢自诩已经独窥“原意”，所以一首诗的“原意”因人而异，可以是诗评家的妙解，也可以是读者的会心；而严格说来，一首诗的“原意”就是它的“原文”。李商隐《锦瑟》的原意，不多不少，就是

“锦瑟无端五十弦”那五十六字，此外都是多余。

至于宋诗之病在爱议论一点，在中国诗话中，似已成为定论。自从严羽首先发难，尊唐贬宋之论，压得宋人抬不起头来。到了明代的前后七子，更是变本加厉；胡应麟甚至对东坡横加挞伐，不是说他“失之太平”，便是说他“轻浅”，至于歌行之外，“其他全篇，涉议论滑稽者，存而不论可也”。到了清初，才有叶燮出来说公道话：“从来论诗者，大约伸唐而绌宋。有谓‘唐人以诗为诗，主性情，于《三百篇》为近；宋人以文为诗，主议论，于《三百篇》为远’，何言之谬也。唐人诗有议论者，杜甫是也。杜五言古，议论尤多，长篇如《自京赴奉先县咏怀五百字》《北征》及《八哀》诸作，何首无议论？而独以议论归宋人，何欤？彼先不知何者为议论，何者非议论，而妄分时代邪？且《三百篇》中，二《雅》为议论者，正自不少。”一般说来，唐诗以情韵见长，宋诗以理趣取胜；唐诗如美酒，宋诗如苦茶；唐诗清纯如伊丽莎白朝诗歌，宋诗繁复如玄学诗与现代诗。宋诗主知，正是主情的唐诗正统之一反动；没有了宋诗，中国的古典诗未免减色，要单调许多。

譬如怀古咏史之作，在李白笔下的《苏台览古》《越中览古》一类诗篇，神韵虽胜，读多了其实有点空洞。到了王安石笔下的《明妃曲》《张良》《宰嚭》等诗，议论精辟，见解过人，才是真正的咏史；相比之下，《苏台览古》一类的诗只能算是怀古，而非咏古。主知的精神，正是宋诗对中国古典诗的一大贡献。吉川幸次郎推崇苏轼，说苏诗之伟大在能超越人生之悲哀。我想，苏轼之能如此，是由于他的才识与胸襟，而这些，正是主知精神的表现。试看他的《迁居临皋亭》前四句：

我生天地间，
一蚁寄大磨。
区区欲右行，
不救风轮左。

议论何等透彻，比喻何等生动，英国十七世纪最机智的诗句，也不过如此。问题不在诗中要不要议论，而在议论是否透彻、是否形象鲜明、是否配合诗中的情景。

兜了一个大圈子，且回到王之涣的《登鹳雀楼》来，有三件事情还要交代一下。徐先生说他不解何以我上一篇文章叫作《重登鹳雀楼》，其实我的文意自明，是指我小时候曾读此诗，那时可谓“初登鹳雀楼”，如今隔了半生，重温此诗，可谓再度登楼。至于此诗作者究为何人，那是考据的事，无论考据的结果如何，此诗的价值都不受影响，正如一块美玉，无论主人是谁，仍是一块美玉。最后说到楼的地理。我举出黄河、中条山与鹳雀楼的相对位置，为诗评家无端带来了一个难题，真是多事。不过沈括交代地理的那几句话太简单了，而我从地图上分析得来的方位恐怕也不够详确，如果能去永济的旧址实地考察一下，一切疑问当可解决。到那时，我们就不难断定“白日依山尽”究竟是写实还是造境。其实这一点也不重要：正如一幅马远的山水，本身够美就尽了能事，原就不必追究临摹的城郭山川是否逼真。钱起的《江行无题》之四：“咫尺愁风雨，匡庐不可登。只疑云雾窟，犹有六朝僧。”钱起距六朝不止一百年，我们明知其不可能，但这一疑，却疑得妙极。要完全写实，便不成诗了。

英美诗

另一首致萧乾的诗

九月二十日在联副上读到洛夫《致萧乾先生》一诗，觉其落笔轻淡而寓意深远，为之低徊良久。先是钱锺书和巴金，现在又是萧乾，这些早期作家零零落落的出现，令人牵动少年时代的多少回忆。三十年来，尤其是在“文革”浩劫的那段日子，这些人物一直笼罩在传闻的阴影里，不要说作品无缘一见，即连存殁也难以确定，像夏志清误吊钱锺书的文章，真应了唐人“欲祭疑君在”的诗句了。现在这些人物，一个个从阴影里闪到阳光中来，传说一下子接通了新闻，令人有疑幻疑真的惊喜。但惊喜之后却是莫名的哀伤，毕竟三十年的阴影不是几个星期的阳光所能驱尽。名誉，即使能够恢复，冤案，即使能够平反，但是三十年原应秋收的时光，却一任金穗在风里萎去，又有谁能够补偿？这三十年，真是中国文坛集体的大浪费。

洛夫的诗令我想起另一首致萧乾的诗，叫作*Censorship*，作者是英国的翻译名家亚瑟·威利（Arthur Waley，一八八九至一九六六年）。十多年前我初读此诗，即已十分欢喜，有意译成中文。现在读到洛夫的佳作，更觉得亚瑟·威利的那首诗和中国诗的血缘至深，不能再不跟中国的读者见面了。下面是我的中译：

检查制度

——仿中国诗体并赠萧乾

我做了检察官一年又三个月；
办公的大楼已四度被炸，
窗上的玻璃，木板，糊纸，
依次被炸碎，只剩下了残框。
洗澡，保暖，炊食都困难，
有时更短缺煤气和水电。

检察官的守则难以奉行，
半年之中竟有一千条“作废”。
空袭法规逐日在变更，
官方的命令也颁得不分明：
可以提海罗，不可提德黎跟汤姆，
可以说起雾，不可说下雨。
薄纸上乱涂一气的日文，
字迹潦草读来真伤眼。
一间斗室装十架电话
和一架录音机，我怎能专心。
用蓝笔删改不过是儿戏，
卷宗的纠结并不太难解。
外国的新闻也不难检查，
难的是检查我今日的心事——
难的是坐视盲人骑瞎马
向无底的深渊闯去。

萧乾以大公报记者身份长驻英国，是在一九三八年，亦即抗战之次年。威利这首诗写于一九四〇年，当时萧乾旅英已有两年。第二次世界大战爆发于一九三九年九月，从此诗首行的“一年又三个月”来推算，此诗应当写于一九四〇年十二月，所以诗中才有“保暖”的字样。如此说来，则距洛夫的《致萧乾先生》已快四十年了。

威利是中国文学和日本文学英译的名家，萧乾也译过英国文学；威利在伦敦大学东方研究院教过书，萧乾也任教于伦敦东方语言学院，两人相交，自是意料中的事。有趣的是，威利长于萧乾约二十岁，萧乾长于洛夫亦相当此龄。威利之诗是赠后生，洛夫之诗是致前辈。萧乾受威利赠诗的时候，还是三十岁左右的壮年，但读到洛夫的诗——如果他读到的话——却是七十岁的老人了。威利当初写这首诗时，绝对想不到，他这位年轻的朋友下半辈子要面对多少的检察官吧？威利在诗末用了《世说新语》的危言来形容当时欧洲的局势：盲人瞎马，可以指希特勒，也可以泛指人类。“外国的新闻也不难检查，难的是检查我今日的心事”，一切检查制度，不都是如此吗？

马蹄鸿爪雪中寻

《雪夜林畔小驻》(*Stopping by Woods on a Snowy Evening*)是美国大诗人佛罗斯特的一首绝妙小品，也是现代英语诗中公认的短篇杰作。此诗之难能可贵，在于意境含蓄，用语天然，而格律严谨。意境则深入浅出，貌似写景，却别有寓意。佛罗斯特曾谓一诗之成，“兴于喜悦，而终于彻悟”，验之此诗，最可印证。诗中的用语纯净而又浑然天成，没有一个字会难倒学童，原文的一百零七个字里，单音字占了八十九个，双音字十七个，三音节的字只有一个。这在英语现代诗中是极为罕见的。至于格律，用的是“抑扬四步格”(iambic tetrameter），这倒并不稀奇。奇的是韵脚的排列——每段的第一、第二、第四行互押，至于第三行，则与次段之第一、第二、第四行遥遥相押，如是互为消长，交错呼应，到了末段又合为一体，四行通押。这样押韵本来也不太难，难在韵脚都落得十分自然，略无强凑之感。因为这些缘故，这首诗要译成中文，颇不容易。但这首诗太有名了，据我所知，中译至少已有五六种。我读此诗已有三十年，一直想把它译为中文，每次动笔都知难而退。最近因为要翻译班上的学生试译此诗，自己竟也一时兴至，把它译了出来，总算偿了夙愿。译文仍然不够理想，只能算是暂译，有待将来修正。兹将诗人夏菁二十年前之中译和我的近译并列于后，以供读者参照：

雪夜林畔　夏菁　译

我想我知道这是谁的森林。
他的家虽在那边乡村；
他看不到我驻足在此地
伫望他的森林白雪无垠。

我的小马一定会觉得离奇

停留于旷无农舍之地
在这森林和冰湖的中间
一年内最昏暗的冬夕。

它将它的佩铃朗朗一牵
问我有没有弄错了地点。
此外但闻微风的拂吹
和纷如鹅毛的雪片。

这森林真可爱，黝黑而深邃。
可是我还要去赶赴约会，
还要赶好几英里路才安睡，
还要赶好几英里路才安睡。

雪夜林畔小驻　余光中　译

想来我认识这座森林，
林主的庄宅就在邻村，
却不会见我在此驻马，
看他林中积雪的美景。

我的小马一定颇惊讶：
四望不见有什么农家，
偏是一年最暗的黄昏，
寒林和冰湖之间停下。

它摇一摇身上的串铃，
问我这地方该不该停。
此外只有轻风拂雪片，
再也听不见其他声音。

森林又暗又深真可羡，
但我还要守一些诺言，
还要赶多少路才安眠，
还要赶多少路才安眠。

要欣赏这首诗，至少有三个层次。第一个层次是纯田园的抒情诗，写景之中略带叙事，有点中国古典诗的味道。第二个层次则是矛盾与抉择，焦点已从田园进入人生了。所谓矛盾，是指流连美景与奔赴盟约之不可得兼，人虽有亲近自然之愿，却无法自绝于社会；所谓抉择，是指诗人领略雪景之后，终于重上征途，回到人间。这样的结尾，和李白的“人生在世不称意，明朝散发弄扁舟”恰恰相反，倒有一点儒家的精神。提醒诗人勿忘人间事的是忠诚而勤劳的小马。我认为诗中的“驻马”其实是停下马车，因为第三段首行的原文是 He gives his harness bells a shake，所谓 harness 乃指马匹拖车时所配之皮带等器具。所以小马正是责任在身的象征。人当然比马复杂：既耽于自然之美，又凛乎人间之责；所谓人生，原来就是在矛盾之中不断的抉择。

至于第三个层次，则朝象征更推进了一步，其中的抉择，竟是生死之间了。这首诗写于一九二三年，当时佛罗斯特的创造力正达巅峰，诸如《火与冰》《斧柄》《磨石》《保罗之妻》等名作都是同一年的产品。但这时诗人已经四十九岁，人生忧患，认识自深。饱经沧桑的人难免有时厌世，或生飘然引去之心。细读此诗，当可发现处处有死亡的投影——又暗又深的森林固有死之神秘，冰冻的湖泊更含死之坚冷，时间又是一年之中最暗的黄昏，而诗人的马车竟在寒林与冰湖之间停下，死亡的气氛真是逼人而来。有人也许会说，森林原是植物界生命的宏大展现，湖水也是水族生命之所托，怎能说成死亡的象征？此话不错，但诗中的森林已被雪封，湖水也已冰冻，除却风雪之声，万籁都已沉寂了。诗人至此，竟然徘徊而不忍去，真像迷恋死亡了。但是，听啊，一声铃声打破了四周的死寂，且唤醒诗人，他在人间尚有许多任务，许多未了之缘。铃，在这幅雪景之中，是唯一的“非自然”产品，铃声正暗示百工协力的人间。于是诗人重上征途，准备在“安睡”（自然之寿终）之前完成自己的任务。东坡词《临江仙》后半阕“长恨此身非我有，何时忘却营营？夜阑风静縠纹平，小舟从此逝，江海寄余生。”恰与佛罗斯特此诗意趣相反。东坡贬谪黄州，从四十四岁到四十九岁，前后五年，和佛罗斯特此时年纪相仿，但两诗却对比如此，值得玩味。

苏轼的思想，尤其是诗词中所表现的，极受佛老的影响，这是不必赘述的。他因诗讥刺新法，被弹劾下狱，几乎被判了死罪，此时被贬到黄州，心情的苦闷可以想见。东坡于古代诗人中最慕陶潜，和陶之诗在百首以上，但他不能像陶潜那样挂冠而去，只能在诗中追求心灵的自由。所以他不是说要回四川的故乡：“有田不归如江水”，便是说要摆脱案牍的劳形：“百重堆案掣身闲”，不然便是学李白的样，扬言要一走了之：“小舟从此逝，江海寄余生。”

所谓“永忆江湖归白发，欲回天地入扁舟”，正是中国读书人功成身退的最高理想。只是东坡一生，功既不成，身又难退，正如他自己所说：“休官彭泽贫无酒”，只能用精神的自由来作补偿。《百步洪》中的诗句：“我生乘化日夜逝，坐觉一念逾新罗……但应此心无所住，造化虽驶如吾何！”正是最好的说明。

佛罗斯特则又不同。他一生不曾涉足宦途，即使教书也不是他长期的职业。所以他不像苏轼那么向往自由。他从十六岁起便投稿，但刊出的作品寥寥可数，直到四十岁才成名，同时他两度进大学，都不等毕业便自动退学。他无意做官，也不想做什么学者，唯一的愿望是做一位诗人。苏轼二十岁便中进士，名列前茅，不但一举成名，而且受知于欧阳修，比起佛罗斯特来，真是少年得志了。但相对而言，中年的失志也就加倍难堪。佛罗斯特对自己的要求是清醒与独立。对他而言，诗是“刹那之间的免于混乱”。当众流东趋而入海，他宁可做西行的溪水，保持自我。佛罗斯特的人生态度，是古典主义的兼容并包，行乎中庸之道，对于生命的矛盾淡然受之，而且试加调和。他对于人间也有种种不满，但认为人间仍是最好的去处；他说他和世界的争执不过是“情人的吵架”。佛罗斯特真是一位人间世的诗人，嘴里埋怨着，心里却热爱着。在名诗《赤杨树》结尾时，他说：

我真想离开这世界一阵子，
然后再回来，从头开始。
但愿命运莫故意会错意，
只偿我半个愿，把我抓走，
一去不回头。用情该用在人间：
想不出有哪里日子更好过。
要我过我情愿去爬赤杨树，
攀黑枝顺着雪白的树干
向天国，直到树身承不住，
只好垂下梢顶放我下地来。

佛罗斯特在诗中暗示，少年应有理想，但理想只是现实的延伸，有其极限。到了极限，自然要重回现实来，再认人生。此诗的主题和《雪夜林畔小驻》仍有相通之处。《赤杨树》写于一九一六年，比《雪夜林畔小驻》早。同样的主题，到了一九四二年佛罗斯特六十八岁时，又出现在《请进》一诗里，兹引录于后，以结束本文：

请进

当我来到森林的边缘，
听哟，画眉的啁啁！
如果此刻林外已昏黄，
林中想必已暗透。

小鸟在如此黑暗的林中，
虽有灵活的翅膀，
也难拣稳当的枝头栖宿，
纵使它仍能歌唱。

落日最后的一线残晖
已经在西方熄没，
却依然亮在画眉心头，
诱它再唱首清歌。

听千干矗立的林木深处

画眉的歌声回荡——
仿佛要召我也进入林内，
在暗里伴它悲伤。

哦不行，我原是来找星星：
我不想进入森林，
即使有邀请我也不进去，
况且我未受邀请。

——一九七九年十一月

苦涩的穷乡诗人

——R.S.托马斯诗简述

艾凡斯

艾凡斯吗？对，有好几次
我沿着他的空楼梯
走下那清苦的厨房；
柴火烧着，蟋蟀唱着，
应和着那把黑铜壶
的哀吟；再走进寒颤颤
的黑暗，投入山脊上
他荒寂的农舍外

绕墙汹涌的夜之浓潮。

怕人的不是那黑暗塞满
我眼里和嘴里，甚至也不是
从风霜摧残的孤树上
有雨滴似血。而是黑暗
淤塞住那病人的血管：
我刚让他搁浅在又大又荒
像海岸一般的凄凉之床。

赠某青年诗人

开头的二十年你只是在发育，
生理上，我是指；以诗人而言，当然
你根本还没出世。以后的十年
你才牙牙学语，终于傻笑着，
粗手笨脚地追你的缪思。
和那些处女作之间的初恋，
你全都认真，但那时结下的纯情
没一件现在不令你难为情：

现在爱情已变得好严重，要侍奉
一个冷面的皇后。
　　　四十以后，
在你笨手里捏破的诗篇，
那锐利的伤口和缺口教你
该怎样更伶手俐脚地
把颂歌或商籁顽固的零件
装配成形；这时岁月又养成
新的意气，只想把你的创痛
瞒着她，瞒着无礼的大众，
怕人探你的阴私。
　　　论年龄
你这时是老了，但是在诗人
那迟缓的世界里你刚刚
不幸才成年，且明知那笑容
在她高傲的脸上不是为你。

在英国现代文坛上，有三位杰出的诗人都姓托马斯。一位是影响过佛罗斯特而阵亡于第一次世界大战的爱德华·托马斯（Edward Thomas，一八七八至一九一七）。一位是四十年代的代表人物，大名鼎鼎的狄伦·托马斯（Dylan Thomas，一九一四至一九五三）。第三位是现仍在世的朗诺·史都华·托马斯（Ronald Stuart Thomas，一九一三至）[①]也就是前面两首诗的作者。

这第三位托马斯，现年六十七岁，跟早逝的狄伦·托马斯是同乡，也是威尔士乡间的牧师。他主持过的一些教区都在穷乡僻壤，地瘠人贫，大自然的景色正如他诗中所述，十分荒凉。“荒凉”“光秃”“瘦削”“空寂”“黑暗”“雨”“冷”等字眼，在他的诗中最常出现。跟这些字眼形成对照的，是“血”，也是他诗中唯一醒目的色彩。在一首叫《一月》的诗中，有这么触目惊心的一段：

那狐狸曳着受伤的肚皮
走过白雪地，鲜红的血种
在轻微的爆炸下迸开，
柔如粪便，鲜如玫瑰。

---

① 本文创于一九八〇年，朗诺•史都华•托马斯于二〇〇〇年去世。（编者注）

托马斯的诗艺不但不避丑陋的事物，反而常常化丑怪为美丽，向单调的环境去索取意义。在《以诗为晚餐》一诗中，他说：

诗应该一任自然，
像小小的块茎吸收秽物，
从迟钝的泥土中慢慢茁壮
成不朽之美的一株白葩。

但是在现实生活里，美却是得来不易，托马斯叹道：

有一件事情我曾经求过
主宰生命之争端的神：
请求让真理向美臣服，
却不得神的批准。

在托马斯的笔下，小国寡民为世所遗的威尔士，并无今日可言：所谓今日，只是昔日光荣无可奈何的遗迹。他说今日之威尔士：

脆得只剩些古迹，
风摧的残楼与废堡，
骗人的鬼怪，
塌了的石坑和煤矿。

他笔下的山地农民，克勤克俭，冒雨冒风，向贫瘠无情的荒地强索生活的最低所需。他嘲弄过路的游客只晓得闲赏美景，却无视当地的衰颓与疾苦；不过，他虽然土生土长，却是牧师和诗人，难和农民打成一片。他一面诅咒威尔士，另一面却以此为家，宁愿留下来，承受它的一切悲苦与荒凉。在《此地》一诗的末三行，他说：

太晚了，不能现在才举步，
踏上此心不向往的远途；
我必须留下来守我的痛楚。

威尔士无可留恋，所以狄伦·托马斯一去不返，浪游伦敦与纽约，汤姆·琼斯也一去不回头，宁愿在异乡的夜总会里歌“故乡的青青草”。幸而垂暮的 R.S. 托马斯留了下来，否则外面的世界怕永远读不到这么苦涩的诗了。

托马斯的作品，主题不很宽广，技巧也不很独创，至于声调，则几乎永远是尖锐而严峻，咄咄逼人，节奏则常是缓慢而沉重。他不是大诗人，但在他较窄的天地里，以深刻与诚恳取胜，自有他踏踏实实的成就，足以传后。

前译的两首诗不妨稍加解释。《艾凡斯》的主题，在托马斯的诗中经常出现。诗人身为牧师，不免常常在病人垂死之际去榻旁为他祈祷，明知已经无可救药，绝望中的同情往往一人独担，心情之沉重不难体会。诗中的黑暗意象，感性十分强烈，雨树滴血，尤其慑人心魂。诗末的黑暗淤塞病人血管一节，可能有二解：一以黑暗象征死亡，另一则指病人临死犹不信神，见不到光，真是在漆黑一团中灭亡了，如是，则牧师之心情更加沉郁。

《赠某青年诗人》流露出对于写诗生涯的奉献与绝望：身为诗人，诗是一定要写下去的，但不能指望一定成名，并不是每位诗人都能得缪思的垂青，她的笑宠其实是对着别人，到终于恍然大悟时，一切已经太迟了。这真是一首毫不留情一刀致命的“狠诗”，第一次读到原文时，真令人汗毛直竖，难过了半天。世界上，哪一位青年诗人挨得起这么一刀呢？

当然，这首诗也可能是自嘲，因为此地所谓的“青年诗人”，已经四五十岁，早已不再年轻了。

托马斯一共有六部诗集，依次是《岁末之歌》《以诗为晚餐》《大巢菜子》《真理的面包》《不因为他带了花来》《哼》。

白话文

论中文之西化

1

语言和钱币是人与人交往的重要工具。同胞之间，语言相通，币制统一，往来应无问题，但是和外国人往来，钱币就必须折合，而语言就必须翻译。折合外币，只需硬性规定；翻译外文，却没有那么简单，有时折而不合，简直要用“现金”交易。所以 Kung Fu 在英文里大行其道，而“新潮”“迷你”之类也流行于中文。外来语侵入中文，程度上颇有差别。“新潮”只是译意，“迷你”则是译音。民初的外语音译，例如“巴立门”“海乙那”“罗曼蒂克”“烟士披里纯”“德谟克拉西”等，现在大半改用意译，只有在取笑的时候才偶尔引用了。真正的“现金”交易，是直引原文，这在二十年代最为流行：郭沫若的诗中，时而 symphony，时而 pioneer，时而 gasoline，今日看来，显得十分幼稚。

英国作家常引拉丁文，帝俄作家常引法文，本是文化交流不可避免的现象。今日阿拉伯的数字通行世界，也可算是一种“阿化”；西方书籍中，仍有少数在用罗马数字，但毕竟是渐行淘汰了。中国的文化博大而悠久，语文上受外来的影响历来不大；比起西欧语文字根之杂，更觉中文之纯。英国九百年前亡于法系的诺曼底，至今英文之中法文的成分极重，许多“体面”字眼都来自法文，如“pretty”一词，意为“漂亮”，但要意指美得高雅拔俗，却要说 beautiful——究其语根，则 pretty 出于条顿族之古英文，故较“村野”，而 beautiful 出于古法文，更可上溯拉丁文，故较“高贵”。在莎翁剧中，丹麦王子临死前喘息说：

> Absent thee from felicity a while,
> And in this harsh world draw thy breath in pain.

历来评家交相推许，正因前句死的舒解和后句生的挣扎形成了鲜明的对照，而“absent”和“felicity”两个复音词都源于拉丁，从古法文传来，“harsh”“world”“draw”“breath”四个单音词却都是古英文的土产。在文化上，统治者带来的法文自然比较“高贵”。相对而言，中国历经各朝代，但中文的异化却是极其有限的。倒是文化深厚的印度，凭宗教的力量影响了我们近两千年之久。但是，尽管佛教成为我国三大宗教之一，且影响我国的哲学、文学、艺术等至为深远，梵文对中文的影响却似乎有限。最浅显的一面，当然是留下了一些名词的音译或意译。“菩萨、罗汉、浮图、涅槃、头陀、行者、沙弥”之类的字眼，早已成为中文的一部分了。我们习焉不察，似乎“和尚”本是中文，其实这字眼也源于梵文，据说是正确译音“邬波驮耶”在西域语中的讹译。又如中文里面虽有“檀越”一词，而一般和尚却常用“施主”而不叫“檀越”。

梵文对于中文的影响，毕竟限于佛经的翻译，作用的范围仍以宗教为主，作用的对象不外乎僧侣和少数高士。刘禹锡“可以调素琴，阅金经”，李贺“楞伽堆案前，楚辞系肘后”，柳宗元“闲持贝叶书，步出东斋读”，其实真正了解梵文的读书人，恐怕寥寥无几。到了现代，英文对中国知识分子的影响，不但借基督教广为传播，而且被纳入教育正轨，成为必修课程，比起梵文来，实在普遍得多，但对中文的害处，当然也相应增加。佛教传入中国之初，中国文化正当盛期，中文的生命厚实稳固，自有足够的力量加以吸收。但民初以来，西方文化借英文及翻译大量输入，却正值中国文化趋于式微，文言的生命已经僵化，白话犹在牙牙学语的稚龄，力气不足，遂有消化不良的现象。梵文对中文的影响似乎止于词汇，英文对中文的影响已经渗入文法。前者的作用止于表皮，后者的作用已达周身的关节。

2

六十年前，新文化运动发轫之初，一般学者的论调极端西化，语文方面的主张也不例外。早在一九一八年三月十四日，钱玄同在《中国今后文字问题》一文中就说："中国文字，论其字形，则非拼音而为象形文字之末流，不便于识，不便于写；论其字义，则意义含糊，文法极不精密；论其在今日学问上之应用，则新理、新事、新物之名词，一无所有；论其过去之历史，则千分之九百九十九为记载孔门学说及道教妖言之记号……欲使中国不亡，欲使中国民族为二十世纪文明之民族，必以废孔学，灭道教为根本之解决，而废记载孔门学说及道教妖言之汉文，尤为根本解决之根本解决。至废汉文之后，应代以何种文字，此固非一人所能论定；玄同之意，则以为当采用文法简赅，发音整齐，语根精良之人为的文字 Esperanto。唯 Esperanto 现在尚在提倡之时，汉语一时亦未能遽尔消灭；此过渡之短时期中，窃谓有一办法：则用某一种外国文字为国文之补助……照现在中国学校情形而论，似乎英文已成习惯，则用英文可也；或谓法兰西为世界文明之先导，当用法文……从中学起，除国文及本国史地外，其余科目，悉读西文原书。如此，则旧文字之势力，既用种种方法力求灭杀，而其毒焰或可大减——既废文言而用白话，则在普通教育范围之内，断不必读什么‘古文’发昏做梦的话……新学问之输入，又因直用西文原书之故，而其观念当可正确矣。”

在钱文之前，《新世纪》第四十号已发表吴稚晖的意见：“中国文字，迟早必废。欲为暂时之改良，莫若限制字数；凡较僻之字，皆弃而不用，有如日本之限制汉文……若为限制行用之字所发挥不足者，即可掺入万国新语（即 Esperanto）；以便渐掺渐多，将汉文渐废。”

钱文既刊之后，胡适和陈独秀立表赞同。胡适说：“我以为中国将来应该有拼音的文字。但是文言中单音太多，绝不能变成拼音文字。所以必须先用白话文字来代替文言的文字，然后把白话的文字变成拼音的文字。”陈独秀则说：“吴先生‘中国文字，迟早必废’之说，浅人闻之，虽必骇怪；循之进化公例，恐终无可逃，惟仅废中国文字乎？抑并废中国言语乎？此二者关系密切，而性质不同之问题也，各国反对废国文者，皆破灭累世文学为最大理由，然中国文字，既难传载新事新理，且为腐毒思想之巢窟，废之诚不足惜……当此过渡时期，惟有先废汉文，且存汉语，而改用罗马字母书之。”

六十年后重读这些文章，其幼稚与偏激，令人不可置信。所谓世界语，始终不成气候，将来可见也难成功。至于中文，岂是少数一厢情愿的“革命家”所能废止？即使是在大陆，即使是在“文革”期间，中文也只做到字体简化，不能改为拼音，更不用提什么废止。六十年来，中文不但废止不了，而且随着教育的普及更形普及，近年西方学生来中国学习中文的，更是越来越多。我国学者和外国的汉学家，对中国古典文学不但肯定其价值，而且加强其评析，并不当它作“腐毒思想之巢窟”。六十年来，我国的作家一代接一代努力创作，累积下来的成就足以说明，用白话文也可以写出优秀的诗、散文、小说、评论。

但是六十年前，所谓文学革命的健将，一味鼓吹西化，并未远瞩到这些前景。一九一九年二月十一日，傅斯年在《汉语改用拼音文字的初步谈》长文里说：“近一年来，代死文言而兴的白话发展迅速得很，预计十年以内，中文的文学必有小成。稍后此事的，便是拼音文字的制作。我希望这似是而非的象形文字也在十年后入墓。”

傅斯年此文论调的激烈，和他的那些新派老师是一致的。此文刊出前一个半月，他已发表了一篇长文，叫作《怎样作白话文》。他认为中国白话文学的遗产仍太贫乏，不足借镜，要把白话文写好，得有两个条件。第一个条件就是乞灵于说话，留心听自己说话，也要留心听别人怎样说话。傅氏说：“第一流的文章，定然是纯粹的语言，没有丝毫羼杂；任凭我们眼里看进，或者耳里听进，总起同样的感想，若是用耳听或眼看，效果不同，便落在第二流以下去了。”不过，傅氏立刻指出，语文合一的条件并不充足，因为口语固然有助文章的流利，却无助文章的组织，也就是说，有助造句，却无助成章。所以，要写“独到的白话文，超于说话的白话文，有创造精神的白话文”，尚有赖于第二个条件。

这第二个条件，傅氏说，“就是直用西洋人的款式，文法、词法、句法、章法、词枝（figure of speech）……一切修辞学上的方法，造成一种超于现在的中文、欧化的中文，因而成就一种欧化中文的文学。”

傅氏又说，理想的白话文应该包括“①逻辑的白话文：就是具逻辑的条理，有逻辑的次序，能表现科学思想的白话文。②哲学的白话文：就是层次极复，结构极密，能容纳最深、最精思想的白话文。③美术的白话文：就是运用匠心做成，善于人人情感的白话文”。照傅氏的看法，“这三层在西洋文中都早做到了。我们拿西洋文当作榜样，去模仿它，正是极适当极简便的办法。所以这理想的白话文，竟可说是——欧化的白话文。”

最后，傅氏又说：“练习作文时，不必自己出题、自己造词。最好是挑选若干有价值的西洋文学，用直译的笔法去译它；径自用它的字调、句调，务必使它原来的旨趣，一点不失……自己作文章时，径自用我们读西文所得，翻译所得的手段，心里不要忘欧化文学的主义。务必使我们作出的文章，和西文近似，有西文的趣味。这样的办法，自然有失败的时节，弄成四不像的白话。但是万万不要因为一时的失败，一条的失败，丢了我们这欧化文学主义。总要想尽办法，融化西文词调作为我用。”

傅斯年的这些意见，在六十年后来看，自然觉得过分。实际上，新文学运动初期的健将，例皆低估了文言，高估了西文。胡适在当时，一口咬定“自从三百篇到于今，中国的文学凡是有一些儿价值有一些儿生命的，都是白话的，或最近于白话的。”他认为我们爱读陶渊明的诗、李后主的词，爱读杜甫的《石壕吏》《兵车行》，因为这些全是白话的作品。但是证以近年来的文学批评，不近于白话的李贺、李商隐，也尽多知音，甚至韩愈、黄庭坚，也不曾全被冷落。杜甫的语言，文白雅俚之间的幅度极大，有白如《夜归》之诗句“峡口惊猿闻一个”和“杖藜不睡谁能那”，也有临终前艰奥多典的《风疾舟中伏枕书怀》那样的作品。年轻一代的学者评析杜诗，最感兴趣的反而是《秋兴八首》那一组七律。

新文学的先锋人物对旧文学那么痛恨，自有其历史背景，心理的反应该是很自然的。前面引述的几篇文章，大都发表于一九一八年，与废科举（光绪三十一年，一九〇五年）相距不过十三年，科举的桎梏犹有余悸。年事较长的一辈，如梁启超、吴稚晖、蔡元培、陈独秀等，都中过举，具有亲身经验。所谓八股文，所谓桐城谬种、选学妖孽，对他们来说，正是吞吐已久的文学气候。我们不要忘了，曾国藩死的那年，吴稚晖已经七岁，很可能已经在读桐城派的古文了。曾国藩说："古文无施不宜，但不宜说理耳"，乃被钱玄同抓到把柄。当时的札记小说多为聊斋末流，正如胡适所嘲，总不外如下的公式："某地某生，游某地，眷某妓。情好綦笃，遂订白头之约……而大妇妒甚，不能相容，女抑郁以死……生抚尸一恸几绝。"林琴南译小说，把"女儿怀了孕，母亲为她打胎"的意思写成"其女珠，其母下之"，一时传为笑柄。这些情形，正是新文学先锋人物反文言的历史背景。

不过胡适、傅斯年等人毕竟旧学深邃，才能痛陈文言末流之种种弊病。他们自己动笔写起文言来，还是不含糊的。以傅斯年为例，他最初发表《文学革新申议》和《文言合一草议》，是用文言，到了发表《怎样做白话文》时，就改写白话了。一个人有了傅斯年这么深厚的中文根柢，无论怎么存心西化，大致总能“西而化之”，不至于画虎类犬，陷于“西而不化”之境。一九五〇年，孟真先生殁前数月，传来萧伯纳逝世的消息，他一时兴感，写了三千多字的一篇悼文《我对萧伯纳的看法》，刊在《自由中国》半月刊上。文中对那位“滑稽之雄”颇有贬词，但是令我读之再三而低徊不已的，却是那简洁有力的白话文。足见真通中文的人，体魄健全，内力深厚，所以西化得起。西化不起，西而不化的人，往往中文原就欠通。今日大学生笔下的中文，已经够西化的了，西化且已过头，他们所需要的，倒是“华化”。

3

一九四六年，朱自清在《鲁迅先生的中国语文观》一文中，说鲁迅“赞成语言的欧化而反对刘半农先生‘归真返璞’的主张。他说欧化文法侵入中国白话的大原因不是好奇，乃是必要。要话说得精密，固有的白话不够用，就只得采取些外国的句法。这些句法比较的难懂，不像茶泡饭似的可以一口吞下去，但补偿这缺点的是精密。”在该文结尾时，朱氏又说鲁迅主张白话文“不该采取太特别的土话，他举北平话的‘别闹’‘别说’做例子，说太土。可是要上口、要顺口。他说做完一篇小说总要默读两遍，有拗口的地方，就或加或改，到读得顺口为止。但是翻译却宁可忠实而不顺；这种不顺他相信只是暂时的，习惯了就会觉得顺了。若是真不顺，那会被自然淘汰掉的。他可是反对凭空生造，写作时如遇到没有相宜的白话可用的地方，他宁可用古语就是文言，绝不生造。”

就这两段引文而言，鲁迅的“白话文观”可以归纳为三点：第一，白话文的西化是必要的，因为西文比中文精确，而忠实不顺的直译也有助于西化。第二，白话文不宜太用土语。第三，白话不济的时候，可济之以文言，却不可生造怪语。这三点意见，我想从后面论起。

白话不足，则济之以文言：这是好办法，我在写散文或翻译时，就是如此。问题在于，今日的大学生和不少作家，文言读得太少，中文底子脆薄，写起白话文来，逢到笔下周转不灵，山穷水尽之际，胸中哪有文言的词汇和句法可以乞援？倒是英文读过几年，翻译看过多本，于是西化的词汇和句法，或以“折合”，或以“现金”的姿态，一齐奔赴腕底来了。“五四”人物危言耸听，要全盘西化，毕竟因为腹笥便便，文理通达，笔下并没有西化到哪里去。受害的倒是下一代以至下两代，因为目前有些知识分子，口头虽然奢言要回归文化传统，或者以民族主义者自许，而将他人斥为洋奴，却很少检点自己笔下的中文已经有多西化。

至于白话文不宜太用土语，当然也是对的。酌量使用方言，尤其是在小说的对话里，当有助于乡土风味，现场感觉，但如大量使用，反成为“外乡人”欣赏的障碍。有所得必有所失：要走方言土语的路子，就不能奢望遍及全中国的读者。不过鲁迅说北平话如“别闹”“别说”之类太土，不宜入白话文，却没有说中。“别闹”“别说”“别东拉西扯”等说法，随着中文的推广，早已成为白话文的正宗了。

和本文关系最密切，而我最难接受的，是鲁迅白话文观的第一点。忠实而不顺的译文，是否真为忠实，颇成问题。原文如果本来不顺，直译过来仍是不顺，才算忠实。原文如果畅顺无碍，译文却不顺，怎么能算“忠实”？不顺的直译只能助长“西而不化”，却难促进“西而化之”。天晓得，文理不顺的直译误导了多少初试写作的青年。至于西化之为必须，是因为西文比中文精确——这一点，不但鲁迅一口咬定，即连钱玄同、胡适、傅斯年等人，也都深信不疑。西文果真比中文精确周密吗？中文西化之后，失之于畅顺者，果真能得之于精密吗？

凡熟悉英国文学史的人，都知道十六世纪的英国散文有一种“优浮绮思体”（Euphuism），句法浮华而对称，讲究双声等效果，又好使事用典，并炫草木虫鱼之学。照说这种文体有点近于中国的骈文与汉赋，但因西文文法繁复，虚字太多，语尾不断变换，字的音节又长短参差，所以比起中国骈文的圆美对仗来，实在笨拙不灵，难怪要为文豪斯各特所笑。此后十七世纪的文风渐趋艰奥繁复，去清新自然的语调日远，几位散文名家如柏尔敦、布朗、泰勒等都多少染上此体。至于弥尔顿，则无论在诗篇或论文中，都好用迂回雕琢的句法，生僻拟古的字眼，而典故之多，也不下于杜甫或李商隐。直到德莱顿出现，这种矫揉造作的文风才被他朴实劲拔的健笔所廓清，颇有“文起八代之衰”的气概。

至于英诗的难懂，古则有邓约翰、白郎宁、霍普金斯，现代的诗人更是车载斗量，不可胜数。艾略特、奥登、狄伦·托马斯等人的作品，即使经人注解诠释，仍是不易把握。拜伦与华兹华斯同时，却嘲其晦涩，说只有妄人才自称能懂华兹华斯的诗。丁尼生与白郎宁同为维多利亚大诗人，却说白郎宁的长诗《梭德罗》，他只解其首、末两句。有这么多难懂的作品而要说英文如何精密，总有点勉强吧。

莎士比亚的诗句：

> Most busy lest, when I do it.

有四家的诠释各不相同。莎翁另一名句：

> All that glitters is not gold.

按文法意为“凡耀目者皆非黄金”，但原意却是“耀目者未必皆黄金”。这些，也不能叫作精密。也许有人要说，诗总不免曲折含蓄一些，那么，梅礼迪斯、乔伊斯等人的小说，又如何呢？再看《史记》中的名句：

> 广出猎，见草中石，以为虎而射之，中石，没镞，视之，石也，因复更射之，终不能复入石矣。

汉学名家伯顿·沃森（Burton Watson）的英译是：

> Li Kuang was out hunting one time when he spied a rock in the grass which he mistook for a tiger. He shot an arrow at the rock and hit it with such force that the tip of the arrow embedded itself in the rock. Later, when he discovered that it was a rock, he tried shooting at it again, but he was unable to pierce it a second time.

沃森是美国年轻一代中十分杰出的汉学家兼翻译家，他英译的这篇《李将军列传》我曾选入政大的《大学英文读本》。前引李广射石之句的英译，就英文论英文，简洁有力，实在是上乘的手笔。为了追模司马迁朴素、刚劲而又明快的语调，沃森也尽量使用音节短少意义单纯的字眼。但是原文十分浓缩，词组短而节奏快，像“中石，没镞，视之，石也”八字四组，逼人而来，颇有苏轼“白战不许持寸铁”的气势，而这是英文无能为力的。此句原文仅三十三字，英译却用了七十个字。细阅之下，发现多出来的这三十七个字，大半是中文所谓的虚字。例如，原文只有一个介系词“中”、三个代名词“之”，但在英文里却有七个介系词、十二个代名词。原文的“因”字可视为连接词，英文里的连接词及关系代名词如 when、which、that 之类却有五个。原文没有冠词，英文里 a、an、the 之类却平添了十个。英文文法的所谓“精密”，恐怕有一大半是这些虚字造成的印象。李广射虎中石的故事，司马迁只用了三十三个字，已经具体而生动地呈现在我们眼前，谁也不觉得有什么含糊或者遗漏的地方，也就是说，不觉得有欠“精密”。中英文句相比，英译真的更精密吗？原文一句，只有“广”一个主词，统摄八个动词，气贯全局，所以动作此起彼伏，快速发展，令人目不暇接。英译里，主词李广却一化为七，散不成形。同时，中文一个单句，英文却繁衍为三个复合句，紧张而急骤的节奏感已无从保留。也许英译把因果关系交代得显眼一些，但是原文的效果却丧失了。我绝对无意苛求于沃森，只想说明：在英文的“文法机器”里，链条、齿轮之类的零件确是多些，但是功能不一定就比中文更高。

再以贾岛的五绝《寻隐者不遇》为例：

松下问童子，

言师采药去。

只在此山中，

云深不知处。

四句话都没有主词。在英文的“文法机器”里，主词这大零件是缺不得的。为求精密，我们不妨把零件全给装上去，然后发动新机器试试看：

我来松下问童子，

童子言师采药去。

师行只在此山中，

云深童子不知处。

这一来，成了打油诗不打紧，且交代得死板落实，毫无回味的余地了。这几个主词不加上去，中国人仍然一目了然，不会张冠李戴找错人的。这正好说明，有时候文法上的“精密”可能只是幻觉，有时候恐怕还会碍事。

有人会说，你倒省力，把太史公抬出来镇压洋人——拿

《史记》原文跟英译来比货色，未免不公道。这话说得也是。下面且容我以洋制洋，抬出英文的大师来评英文吧。哲学家罗素举过这么一个例句：

> Human beings are completely exempt from undesirable behavior pattern only when certain prerequisites, not satisfied except in a small percentage of actual cases, have, through some fortuitous concourse of favorable circumstances, whether congenital or environmental, chanced to combine in producing an individual in whom many factors deviate from the norm in a socially advantageous manner.

罗素是哲学家里面文笔最畅达、用字最淳朴的一位。他最讨厌烦琐又浅陋的伪学术论文。他说，前引的长句可以代表晚近不少社会科学论文的文体，其实这长句翻来覆去说了半天，拆穿了，原意只是：

All men are scoundrels, or at any rate almost all. The men who are not must have had unusual luck, both in their birth and in their upbringing.

罗素只用二十八个词就说清楚的道理，社会学家却用了五十五个字，其中还动用了 prerequisites、concourse 一类的大名词，却愈说愈糊涂。这种伪学术论文在英文里多得很，表面上看起来字斟句酌，术语森严，其实徒乱人意，并不“精密”。

另一位慨叹英文江河日下的英国人，是名小说家奥威尔（George Orwell）。他是二十世纪前半期一位真正反专制的先知。他的《政治与英文》（*Politics and the English Language*）一文，犀利透彻，是关心此道的志士不可不读的杰作。奥威尔此文虽以英文为例，但所涉政治现象及原理却极广阔，所以也可用其他语文来印证。他认为一国语文健康与否，可以反映并影响社会之治乱，文化之盛衰，而专制之政权，必须使语言的意义混乱，事物的名实混淆，才能浑水摸鱼，以巩固政权。他指出，由于政党和政客口是心非、指鹿为马，滥用堂皇的名词，诸如“民主”“自由”“正义”“进步”“反动”“人民”“革命”“法西斯”等字眼已经没有意义。他在文中举出五个例句，证明现代英文的两大通病：意象陈腐，语言不清。下面是其中的两句：

① I am not, indeed, sure whether it is not true to say that the Milton who once seemed not unlike a seventeenth-century Shelley had not become, out of an experience ever more bitter in each year, more alien to the founder of that Jesuit sect which nothing could induce him to tolerate.

② All the "best people" from the gentlemen's clubs, and all the frantic fascist captains, united in common hatred of Socialism and bestial horror of the rising tide of the mass revolutionary movement, have turned to acts of provocation, to foul incendiarism, to medieval legends of poisoned wells, to legalize their own destruction of proletarian organizations, and rouse the agitated petty-bourgeoisie to chauvinistic fervour on behalf of the fight against the revolutionary way out of the crisis.

第一句摘自拉斯基（Harold Laski）教授的《言论自由》一书。拉斯基是牛津出身的政治学家，曾任英国工党主席，在第二次世界大战前后名重士林，当时费孝通等人几乎每文必提此公大名。但是前引论述弥尔顿宗教态度转变的例句，在五十三个字里竟一连用了五个否定词，乃使文义反复无定，简直不知所云。同时，该用 akin（亲近）之处，竟然用 alien（疏远），又使文义为之一反。至于第二句，则摘自英共宣传小册。奥威尔说，这样的句子里，语言几乎已和所代表的意义分了家；又说这种文章的作者，通常只有一腔朦胧的情绪，他们只想表示要攻击谁、拉拢谁，至于推理的精密细节，他们并不关心。

奥威尔前文曾说现代英文意象陈腐、语言不清，兹再引用他指责的两个例句，加以印证：其一是“The Fascist octopus has sung its swan song”（法西斯的八脚章鱼已自唱天鹅之歌——意即法西斯虽如百足之虫，如今一败涂地，终于僵毙）。这句话的不通，在于意象矛盾：法西斯政权既然是章鱼，怎么又变成天鹅了呢？章鱼象征势力强大无远弗届的组织，天鹅却是一个高雅美妙的形象，而天鹅之歌通常是指作家或音乐家临终前的作品。两个意象由法西斯贯串在一起，实在是不伦不类。其二是“In my opinion it is a not unjustifiable assumption that...”（意为“在我看来，下面的假设不见得不能成立……”），其实，只要说I think两个词就已足够。这种迂回冗赘的语法，正是“精密”的大敌。英文里冠冕堂皇，冗长而又空洞的公文体，所谓“高拔的固格”（gobbledygook），皆属此类文字污染。

鲁迅认为中文西化之后，失之于生硬者，得之于精密。傅斯年认为逻辑、哲学、美术三方面的白话文都应以西文为典范，因为西文兼有三者之长。从前引例句的分析来看，西文也可能说理含混，往往不够精密，至于“入人情感”之功，更不见得优于中文。鲁迅、傅斯年等鼓吹中文西化，一大原因是当时的白话文尚未成熟，表达的能力颇为有限，似应多乞外援。六十年后，白话文去芜存菁，不但锻炼了口语，重估了文言，而且也吸收了外文，形成了一种多元的新文体。今日的白话文已经相当成熟，不但不可再加西化，而且应该回过头来检讨六十年间西化之得失，对“恶性西化”的各种病态，尤应注意革除。

早期作家笔下的西化中文

新文学早期的白话文，青黄不接，面对各种各样的挑战，一时措手不及，颇形凌乱。那时，文言的靠山靠不住了，外文的他山之石不知该如何攻错，口语的俚、雅之间分寸难明。大致上，初期则文言的余势仍在，难以尽除，所以文白夹杂的病情最重。到了三十年代，文言的背景渐淡渐远，年轻一代的作家渐渐受到西化的压力。在学校里，文言读得少，英文读得多。同时，人文科学和社会科学书籍的翻译日多，其中劣译自然不少，所以许多无法领略外文的作家，有意无意之间都深受感染。文言底子像梁启超、蔡元培、鲁迅、胡适那么厚实的人，无论怎么吹欧风淋美雨，都不至于西化成病。但到了三十年代，文言的身子虚了，白话的发育未全，被欧风美雨一侵，于是轻者喷嚏连连，咳嗽阵阵，重者就生起肺炎来了。几乎没有一位名作家不受感染。以下且抽出一些样品，略为把脉：

1

> 战士战死了的时候，苍蝇们所首先发现的是他的缺点和伤痕，嘬着，营营地叫着，以为得意，以为比死了的战士更英雄。但是战士已经战死了，不再来挥去他们。于是乎苍蝇们即更其营营地叫，自以为倒是不朽的声音，因为它们的完全，远在战士之上。
>
> （摘自《战士和苍蝇》）

鲁迅在早期新文学作家之中，文笔最为恣纵刚劲，绝少败笔，行文则往往文白相融，偶有西化，也不致失控。他倡导直译，成绩不高，时至今日，看得出他的创作影响仍大，但他的翻译未起多大作用。他在译文里尽力西化，但在创作里却颇有分寸，不过，偶然的瑕疵仍所难免。引文中“战士战死”的刺耳叠音凡两见，为什么不说“阵亡”或“成仁”呢？这当然不是西化的问题。复数的“苍蝇们”却是有点西化的，但是群蝇嗡嗡拿来衬托一士谔谔，倒也有其效果。不过“苍蝇们”的代名词，时而“他们”，时而“它们”，却欠周密。至于“它们的完全”一词中的“完全”，也不太可解。鲁迅原意似乎是战士带伤，肉体损缺，而群蝇争尸，寄生自肥。既然如此，还不如说“它们的完整”或者“它们躯体的完整”，会更清楚些。

2

周氏兄弟并为散文名家，而树人辛辣，作人冲和，风格迥异。周作人的散文娓娓道来，像一位学识渊博、性情温厚的高士品茗挥扇的趣谈，知音原多，无须我来详述。只是高手下笔，破绽仍是有的，而比起他的哥哥来，似乎还要多些。请看下面这一段：

苍蝇不是一件很可爱的东西，但我们在做小孩子的时候都有点喜欢他。我同兄弟常在夏天乘大人们午睡，在院子里弃着香瓜皮瓤的地方捉苍蝇……我们现在受了科学的洗礼，知道苍蝇能够传染病菌，因此对于他们很有一种恶感。三年前卧病在医院时曾作有一首诗，后半云：

大小一切的苍蝇们，
美和生命的破坏者，
中国人的好朋友的苍蝇们呵，
我诅咒你的全灭，
用了人力以外的
最黑最黑的魔术的力。

（摘自《苍蝇》）

这样的散文和诗，恐怕难当“大师”之名。名词而标出复数，是西化的影响，但在这段引文里，时而“苍蝇”时而“苍蝇们”，而其代名词，前句用“他”，后句用“他们”，到了诗里，对复数“苍蝇们”说话，却用单数的“你”，十分紊乱。末三行诗把“用了人力以外的最黑最黑的魔术的力”这介系词片语置于句尾，是西化倒装句法，但没有什么不好。但是“我诅咒你的全灭”不但西化，还有语病，因为按常理而言，诅咒的对象总是可恨的，而从此句的上下文看来，“你的全灭”却是可喜的。把句法稍改，变成“我咒你全部毁灭”，就可解多了。

在周作人的文章里，文理欠妥的西化句还有不少，再举两例：(一)“小诗的第一条件是须表现实感，便是将切迫地感到的对于平凡的事物之特殊的感兴，迸跃地倾吐出来，几乎是迫于生理的冲动，在那时候这事物无论如何平凡，但已由作者分与新的生命，成为活的诗歌了。”(二)“好的批评家便是一个记述他的心灵在杰作间之冒险的人。”第一句长达八十三字，不但文理凌乱，“便是将切迫地感到的对于平凡的事物之特殊的感兴”一段，名词之间的关系也很不清，“感到的……感兴”尤其败笔。至于第二句，原来译自法朗士的名言：“A good critic is one who narrates the adventures of his mind among masterpieces (Le bon critique est celui qui raconte les aventures de son ame au milieu des chefs-d'oeuvre).”周作人此句未能化解形容词子句，是典型的西化拗句。其实这种定义式的叙述句，在中文里往往应该倒过来说。译得拘谨些，可以说“能叙述自己的心灵如何在杰作之间探险的人，才是好批评家”。放达些呢，不妨说成“能神游杰作名著之间而记其胜，始足为文评行家”。

3

“单独”是一个耐寻味的现象。我有时想它是任何发现的第一个条件。你要发现你的朋友的“真”，你得有与他单独的机会。

（摘自《我所知道的康桥》）

韩昌黎以文为诗，徐志摩以诗为文。在早期新文学的散文家中，徐志摩是很杰出、很特殊的一位，以感性浓烈、节奏明快、辞藻瑰丽、想象洒脱，建立自己的风格。鲁迅老练中透出辛辣，周作人苦涩中含有清甘，朱自清温厚中略带拘谨，这些多少都是中年人的性情。唯独徐志摩洋溢着青年的热烈和天真，加上爱情的波澜和生命的骤逝，最能牵惹少男少女的浪漫遐想。徐志摩和冰心，均以诗文名世，在二十世纪二十年代的文坛上，像一对金童玉女。那时，冰心在作品里扮演的，是一个依恋母亲、多愁多病的女儿，所以玉女的形象比金童似乎又更小了些。尽管如此，当时的散文在抒情和写景的方面，恐怕没有人能胜过这位金童。所以《我所知道的康桥》里，最好的段落，亦即英文所谓织锦文（purple patches），仍是情景交融的第四段。第三段相比之下，又是英文，又是地名，又是引诗，就显得饾饤堆砌。至于第一段交代背景，第二段企图说理，其实都不出色，只能勉尽“绿叶”之责。前引的两句正从第二段来，就显得西而不化。“单独”用了两次，第一次是抽象名词（相当于 solitude），第二次是动词（相当于 to be alone with），两次都用得生硬，第二次甚至欠通。其实第一个“单独”原意是“独居”“独处”“离群索居”，这样也才像个名词；只用引号括起来，并未解决问题。第二个“单独”呢，恐怕还得改成“单独盘桓”“旬月流连”或者“共处”，才像个动词。大概还是“共处”最合中文，因为在中文里，两人在一起很难称为“单独”。至于前引文字的第二句：“我有时想它是任何发现的第一个条件”，更是不像中文；用“它”来作抽象名词的代名词，尤其迂回惑人。《我所知道的康桥》第一段末句“我不曾知道过更大的愉快”，也是西化不良之例。“知道”显然来自英文“know”一词，其实中文应说“体会”或“经验”。

4

> 我这本书只预备给一些“本身已离开了学校，或始终就无从接近学校，还认识些中国文字，置身于文学理论，文学批评，以及说谎造谣消息所达不到的那种职务上，在那个社会里生活，而且极关心全个民族在空间与时间下所有的好处与坏处”的人去看……我将把这个民族为历史所带走向一个不可知的命运中前进时，一些小人物在变动中的忧患，与由于营养不足所产生的“活下去”以及“怎样活下去”的观念和欲望，来作朴素的叙述。
>
> （摘自《边城》题记）

沈从文出身于阡陌行伍之中，受知于徐志摩与胡适，最熟悉农民与兵士的生活，却不走工农兵文学的路线，而成为真正的乡土作家。他的小说产量既丰，品质亦纯，字里行间有一种温婉而自然的谐趣，使故事含一点淡淡的哲理，为湘西的田园与江湖添一点甜甜的诗意。这当然是鼓吹阶级斗争的左翼文艺所不容的，但是在中国的新文学史上，沈从文的小说自有其不可磨灭的地位。论者欣赏他素净清新的语言，说他是一位文体家。其实这头衔有点暧昧，因为凡是独创一格的作家，谁不曾琢磨出自己特有的文体呢？细加分析，可以发现沈氏的一支笔，写景、叙事、抒情，都颇灵活；对话呢，差堪称职，未见出色；可是说起理来，就显得钝拙。《边城》小说的本身，语言上虽偶见瑕疵，大致却是稳健可读，但这篇交代主题且为自己辩护的前言，却嗫嚅其词，写得芜杂而冗赘，看不到所谓文体家的影子，或是作者自称的“朴素的叙述”。前面的一句，主句是“我这本书只预备给一些……人去看”，结构本极单纯，不幸中间硬生生地插进了一个文理不清、文气不贯的冗长子句，来形容孤零零的这么一个“人”字。至于“全个民族在空间与时间下所有的好处与坏处”这一段，字面似乎十分精密，含意却十分晦昧，真个是“匪夷所思”。后面的一句，主要骨架是“我要把一些小人物的忧患，观念和欲望，来作朴素的叙述”，可是加上了两个子句和一个形容片语之后，全句的文理乱成一团。“这个民族为历史所带走向一个不可知的命运中前进时”这一段尤其拗口，述语被动于前却又主动于后，真是恶性西化的样品。

5

像多雾地带的女子的歌声，她歌唱一个充满了哀愁和爱情的古传说，说着一位公主的不幸，被她父亲禁闭在塔里，因为有了爱情……现在，都市的少女对于爱情已有了一些新的模糊的观念了。我们已看见了一些勇敢地走入不幸的叛逆者了。但我是更感动于那些无望地度着寂寞的光阴，沉默地，在憔悴的朱唇边浮着微笑，属于过去时代的少女的。

（摘自《哀歌》）

何其芳在三十年代的文坛，诗和散文均有相当成就的，其两美兼擅的地位，差可比肩二十年代的徐志摩。但是两人的风格大不相同：徐志摩文气流畅，下笔轻快，何其芳韵味低徊，下笔悠缓；徐志摩几乎慢不下来，何其芳呢，很难快得起来。论诗，何与卞之琳齐名，何诗重感性，卞诗具知性；何诗媚，卞诗巧；两人是北大同学，何修哲学而诗中欠哲理，卞修外文而诗中富哲意。论散文，何与另一位北大同学李广田齐名：何文纤柔而好梦幻，李文纯朴而重现实。何其芳的作品截然分为两个阶段：青年时代耽于唯美，愁来无端，风格妩媚而文弱；中年“左”倾以后，又满纸人民与革命的八股，只重主题，不讲文采，趋于另一极端。那时候的作家在创作方向上往往像钟摆一样，奔于两极之间，也并不限于何其芳一人。他的散文，好处是观察细腻，富于感性与想象，缺点是太不现实，既少地方色彩，又乏民族背景，读来恍惚像翻译。至于语法，往往西而不化，不是失之迂回，就是病于累赘。前引例句不过百中举一，可见病态之深。第一句不但西化，且有逻辑上的毛病。“多雾地带女子的歌声”，究竟是形容“她”，还是“她歌唱”，还是“古传说”呢？如果减为“像多雾地带的女子”，就合理多了。至于被父亲禁闭的，究竟是公主还是公主的不幸，也很含糊。要文理清楚，就要说“说一位不幸的公主，被她父亲禁闭在塔里”或者“说一位公主，不幸被父亲禁闭在塔里”。第三句的意思，其实是“我们已经看见一些反叛的少女，勇于投入不幸的爱情”。何氏的说法却是西化最劣的样品。在中文里，把“不幸”之类的状词当抽象名词使用，本来就极易失手，不像“misery”和“miserable”的词性那么一目了然。在英文里，多得是表示身份的名词，中文却难“兑现”。例如，“vegetaria n""misogynist""misogamist"等词，译成"素食主义者（或素食者，吃素的人）""女性憎恨者（或恨女人的人）""婚姻憎恨者（或恨婚者，恨婚姻的人）"，都很不妥帖。"叛逆者"这个名词生硬拗口，为什么不用现成的"叛徒"呢？如果嫌"叛徒"像男性，也不妨使用"孽女"或"女叛徒"。最后一句的西化大病，是在句末拖一个尾大不掉的形容词子句，一连串支离而繁重的形容词，勉强"少女"两字来顶受。更糟的是中文"是如何如何的"之句法，在何文中拉得漫长无度，在"是"与"的"之间横阻了三十九个字，文气为之梗断。何文句法颇似英文的"I am more moved by those girls who..."只是何其芳根本无力化解，乃沦为冗赘。

6

告诉你
我也是农人的后裔——
由于你们的
刻满了痛苦的皱纹的脸

我能如此深深地
知道了
生活在草原上的人们的
岁月的艰辛。

（摘自《雪落在中国的土地上》）

艾青是崛起于二十世纪三十年代的左翼诗人。他的诗相当多产，在篇幅和主题上也颇有野心，一挥笔便是百十来行，颇能给人“气势壮阔”的感觉。可是他不解浓缩之道，也不明白有时候盘马弯弓蓄势待发，比一泻千里的流水账更有力量，所以他的诗往往只见其长，不觉其大。他的主题往往选得不错，结构也颇平稳，却给他散漫、累赘，且又生硬的语言困住，发挥不出力量来。艾青的语言西而不化，像是生手的译文，既乏古典的老练，又欠西文的鲜活。前引这段诗，无论在炼字、组词、造句、营篇各方面，都很笨拙。对于艾青这样的诗人，所谓句法，只是一种刻板的公式，那就是名词垫底，上面顶上一串串形容词，至于累累的形容词之间应该如何组合，却无须理会。其实艾青笔下的形容词，往往只是在名词后面加一个“的”，所以他的诗里，名词与名词之间的关系，大半依赖一个“的”字。例如“脸”，就有两个形容词——“你们的”和“刻满了痛苦的皱纹的”，而后面这大形容词里又包含一个小形容词“痛苦的”。末二行中，“艰辛”是“岁月的”，“岁月”又是“人们的”，“人们”则是“生活在草原上的”——这么“的，的，的”一路套下来，结果是节奏破碎、句法僵硬、辞藻平庸、诗意稀薄、味同嚼蜡。至于对农人说话，不说“子孙”“后代”，却说文绉绉的“后裔”；这样用字，加上西而不化的句法，名义上是所谓普罗文学，实际上哪一个工、农、兵能领会呢？

我无意苛责早期的新文学作家。在他们那个时代，文言日趋式微，白话文尚未成熟，西化之潮难以抗拒。从鲁迅到艾青，白话文西化之颓势日益显著。如果有谁认为前引的例句不过是偶犯，不必斤斤计较，我就想告诉他，这样的例子在早期，甚至在近期的作品里，俯拾即是，何止千百，原就不需刻意去收集。读者如果经常面对这样的文章，怎能不受恶性西化的侵蚀？

从西而不化到西而化之

新文学迄今已有六十年的历史，白话文在当代的优秀作品中，比起二三十年代来，显已成熟得多。在这种作品里，文言的简洁浑成，西语的井然条理，口语的亲切自然，都已逐渐纳入了白话文的新秩序中，形成一种富有弹性的多元文体。这当然是指一流作家笔下的气象，而一般知识分子，包括在校的学生在内，却欠缺这种选择和重组的能力，因而所写的白话文，恶性西化的现象正日益严重。究其原因，读英文的直接作用，看翻译的间接默化，都有影响。所谓翻译，并不限于译书与译文；举凡报纸、电视、广播等大众媒介惯用的译文体，也不无污染之嫌。有时候，文言也可以西化的。例如，“肯尼迪总统曾就此一举世瞩目之重大问题，与其白宫幕僚作深夜之紧急商讨”一句，便是半吊子文言纳入西文句法后的产品。中文通达的人面对无所不在的译文体，最多感到眼界不清，耳根不净，颇为恼人。中文根柢原就薄弱的人，难逃这类译文体的天罗地网，耳濡目染，久而习于其病，才真是无可救药。

我曾另有文章抽样评析成名作家笔下西化的现象，下文我要从目前流行的西化用语和句法之中，举出一些典型的例子来，不但揭其病状，还要约略探其病根。我只能说“约略”，因为目前恶性西化的现象，交茎牵藤，错节盘根，早已纠成了一团，而溯其来源，或为外文，或为劣译，或为译文体的中文，或则三者结为一体，浑沌而难分了。

（一）那张唱片买了没有？

买了（它了）。

（它）好不好听？

（它）不太好听。

（二）你这件新衣真漂亮，我真喜欢（它）。

（三）他这三项建议很有道理，我们不妨考虑（它们）。

（四）花莲是台湾东部的小城，（它）以海景壮美闻名。

（五）舅舅的双手已经丧失了（它们的）一部分的灵活性了。

西化病状很多，滥用代名词是一种。前面五句括号里的代名词或其所有格，都是多余的，代名词作受词时更常省去。文言里的“之”却是例外：李白诗句“青天有月来几时？我今停杯一问之”正是如此。第五句整句西而不化，问题还不只在滥用代名词所有格。其实“还原”为自然的中文，无非是“舅舅的双手已经有点不灵了”。

（六）一年有春、夏、秋、冬四季。

（七）李太太的父亲年老和常生病。

（八）我受了他的气，如何能忍受和不追究？

（九）同事们都认为他的设计昂贵和不切实际。

目前的中文里，并列、对立的关系，渐有给“和”字去包办的危机，而表示更婉转、更曲折的连接词如“而”“又”“且”等，反有良币见逐之虞。这当然是英文的 and 在作怪。在英文里，名词与名词、形容词与形容词、动词与动词、副词与副词，甚至介系词与介系词，一句话，词性相同的字眼之间，大半可用 and 连接，但在中文里，“和”“及”“与”等却不可如此揽权。中文说“笑而不答”“顾而乐之”“顾左右而言他”，何等顺畅；一旦西化到说成“笑但不答”“顾与乐之”“顾左右以及言他”，中文就真完了。此外，中文并列事物，往往无须连接词，如“生老病死”“金木水火土”等，都不应动员什么连接词。句六当然应删去“和”字。句七可作“年老而多病”或“年老多病”。句八可以“而”代“和”，句九亦然。

（十）（关于）王教授的为人，我们已经讨论过了。

（十一）你有（关于）老吴的消息吗？

（十二）（关于）这个人究竟有没有罪（的问题），谁也不敢判断。

介系词用得太多，文句的关节就不灵活。“关于”“有关”之类的介系词在中文里越来越活跃，都是 about、concerning、with regard to 等的阴影在搞鬼。前面这三句里，删去括号内的字眼，句法就干净得多。有人曾经跟我抬杠，说“关于老吴的消息”是听别人说的，而“老吴的消息”是直接得自老吴的，怎可不加区别？英文里 hear from 和 hear of 确是判然有别，但在中文里，加不加“关于”是否可资区别，却不一定。加上“关于”，是否就成间接听来，不加“关于”，是否就来自老吴自己，在中文里还作不得准。所以这一点“精密”还只是幻觉。

（十三）作为一个中国人，我们怎能不爱中国？

（十四）作为一个丈夫的他是失败的，但是作为一个市长的他却很成功。

（十五）缇萦已经尽了一个作为女儿的责任了。

表示身份的介系词早已渗透到中文里了。其实在中文里，本来只用一个“做”字。句十四大可简化成“他做丈夫虽然失败，做市长却很成功”。句十五也可改为“缇萦已经尽了做女儿的责任了”。句十三的毛病，除了“作为”之外，还有单复数不相符合；最自然的说法该是“身为中国人，怎能不爱中国？”

（十六）（对于）这件事，你们还没有（作出）决定吗？

（十七）敌方对我们的建议尚未作出任何的反应。

（十八）对统治者的暴政他（作出）强烈抗议。

（十九）报界对这位无名英雄一致作出哀痛与惋惜。

（二十）兄弟两人争论了一夜，最后还是哥哥（作出）让步。

在英文里，许多东西都可以“做出”来的：赚钱叫“做钱”，求欢叫“做爱”，眉目传情叫“做眼色”，赶路叫“做时间”，生火叫“做火”，生事叫“做麻烦”，设计叫“做计划”，决策叫“做政策”。在中文里，却不是这种做法。近年来，“作出”一语日渐猖獗，已经篡夺了许多动词的正位。这现象目前在大陆最为严重，香港也颇受波及。结果是把许多现成而灵活的动词，贬成了抽象名词，再把这万事通的“作出”放在前面，凑成一个刻板无趣苍白无力的“综合动词”。以前“建议”原是自给自足、独来独往的动词——如“他建议大家不妨和解”——现在却变成了“作出建议”综合动词里的受词。其实“建议”之为动词，本来就已是一个动词（建）加名词（议）的综合体，现在无端又在前面加上一个极其空泛的动词（作出），不但重复，而且夺去了原来动词的生命，这真是中文的堕落。近年来这类综合动词出现在报刊和学生习作之中，不一而足：硬牵到“作出”后面来充受词的字眼，至少包括“主动”“贡献”“赞叹”“请求”“牺牲”“轻视”“讨论”“措施”，等等，实在可怕！其实这些字眼的前面，或应删去这万恶的“作出”，或应代以他词。例如，“采取主动”“加以讨论”“极表轻视”，就比漫不经心的代入公式来得自然而地道。

在现代英文里，尤其是夸夸其谈的官样文章，也颇多这种病状：《一九八四》的作者奥威尔在《政治与英文》（*Politics and the English Language*）里早已慨乎言之。例如，原来可用单纯明确的动词之处，现在大半代以冗长杂凑的片语。原来可说 cause，现在却说 give rise to；同样地，show、lead、serve to、tend to 等也扩充门面，变成了 make itself felt、play a leading role in、serve the purpose of、exhibit a tendency to。奥威尔把 prove、serve、form、play、render 等一拍即合的万能动词叫作“文字的义肢”（verbal false limb）。“作出”，正是中文里的义肢，装在原是健全却遭摧残的动词之上。

（二十一）杜甫的诗中存在着浓厚的人民性。

（二十二）台北市的交通有不少问题（存在）。

（二十三）中西文化的矛盾形成了代沟（的存在）。

（二十四）旅伴之间总难免会有摩擦（的发生）。

（二十五）我实在不知道他为什么要来香港（的原因）。

“有”在中文里原是自给自足的大好动词，但早期的新文学里偏要画蛇添足，成为“有着”，甚至“具有着”，已是自找麻烦。西化之后，又有两个现象：一是把它放逐，代以貌若高雅的“存在”；二是仍予保留，但觉其不堪重任，而在句末用隆重的“存在”来镇压。这大概也算是一种“存在主义”吧。句二十一中“存在着”三字，本来用一个“有”字已足。不然，也可用“富于”来代替“存在着浓厚的”。至于句二十四末之“发生”及句二十五末之“原因”，也都是西化的蛇足，宜斩之。

（二十六）截至目前为止，劫机者仍未有明确的表示。

（二十七）《哈姆雷特》是莎士比亚的名剧（之一）。

（二十八）李白是中国最伟大的诗人之一。

（二十九）在一定的程度上，我愿意支持你的流行歌曲净化运动。

（三十）陈先生在针灸的医术上有一定的贡献。

英文文法有些地方的确比中文精密，但绝非处处如此。有时候，这种精密只是幻觉，因为“精密”的隔壁就住着“烦琐”。中文说“他比班上的同学都强”，英文却要说“他比班上的任何其他同学都强。”加上“任何其他”，并不更精密多少，就算精密一点，恐怕也被烦琐抵消了吧。英文的说法，如果细加分析，当会发现“任何”的意思已经包含在“都”里；至于“其他”二字，在表面的逻辑上似乎是精密些，但是凭常识也知道：一个学生是不会比自己强的。同样，英文说“汉城的气候比台北的（气候）热”，也不见得就比中文的“汉城的气候比台北热”精密多少。句二十六之首六字如改为“迄今”，意义是一样的。句二十七删去“之一”，毫无损失，因为只要知道莎士比亚是谁，就不会误会他只有一部名剧。句二十八如写成“李白是中国的大诗人”或者“李白是中国极伟大的诗人”，意思其实是一样的。英文“最高级形容词+名词+之一”的公式，其客观性与精密性实在是有限的：除非你先声明中国最伟大的诗人在你心目中是三位还是七位，否则李白这“之一”的地位仍是颇有弹性的，因为其他的“之一”究有多少，是个未知数。所以“最伟大的某某之一”这公式，分析到底，恐怕反而有点朦胧。至于“之一”之为用，也常无必然。例如“这是他之所以失败的原因之一”，就等于“这是他之所以失败的一个原因”，因为“一个原因”并不排除其他原因。如果说“这是他所以失败的原因”，里面这“原因”就是唯一的了。同样，“这是他之所以失败的主要原因之一”，也可说成“这是他之所以失败的一大原因”。

至于句二十九，有了句首这七字，反而令人有点茫然，觉得不很“一定”。这七字诀的来源，当是 to a certain degree，其实也是不精密的。如果说成“我愿意酌量（或者：有限度地）支持你的……运动”，就好懂些了。句三十里的“一定”，也是不很一定的。中文原有“略有贡献”“颇有贡献”“甚有贡献”“极有贡献”“最有贡献”之分；到了“一定的贡献”里，反而分不清了。更怪的用法是“他对中国现代化的途径有一定的看法。”附带可以一提，“肯定”原是动词，现在已兼营副词了。我真见人这么写过：“你作出的建议，肯定会被小组所否定。”前述“一定”和“肯定”的变质，在大陆也已行之有年，实在令人忧虑。

（三十一）本市的医师（们）一致拒绝试用这新药。

（三十二）所有的伞兵（们）都已安全着陆。

（三十三）全厂的工人（们）没有一个不深深感动。

中文西化以前，早已用“们”来表复数：《红楼梦》里就说过“爷们”“丫头们”“娼妇们”“姑娘们”“老先生们”，但多半是在对话里，而在叙述部分，仍多用“众人”“众丫鬟”“诸姐妹”等。现在流行的“人们”却是西化的，林语堂就说他一辈子不用“人们”。其实我们有的是“大家”“众人”“世人”“人人”“人群”，不必用这舶来的“人们”。“人人都讨厌他”岂不比“人们都讨厌他”更加自然？句三十一至句三十三里的“们”都不必要，因为“一致”“所有”“都”“全厂”“没有一个不”等语已经表示复数了。

（三十四）这本小说的可读性颇高。

（三十五）这家伙说话太带侮辱性了。

（三十六）他的知名度甚至于超过了他的父亲的知名度，虽然他本质上仍是一个属于内向型的人。

（三十七）王维的作品十分中国化。

中文在字形上不易区别抽象名词与其他词性，所以 a thing of beauty 和 a beautiful thing 之间的差异，中文难以翻译。中文西化之后，抽象名词大量渗入，却苦于难以标识，俾与形容词、动词等分家自立。英文只要在字尾略加变化，就可以造成抽象名词，甚至可以造出“withness”之类的词。社会科学、自然科学的术语传入中国或由日本转来之后，抽象名词的中译最令学者头痛。久而久之，“安全感”“或然率”“百分比”“机动性”“能见度”等词也已广被接受了。我认为这类抽象名词的“汉化”应有几个条件：一是好懂，二是简洁，三是必须；如果中文有现成说法，就不必弄得那么“学术化”，因为不少字眼的“学术性”只是幻觉。句三十四其实就是“这本小说很好看”。句三十五原意是“这家伙说话太无礼”或“这家伙说话太侮辱人了”。跟人吵架，还文绉绉地说什么“侮辱性”，实在可笑。句三十六用了不少伪术语，故充高级，反而啰唆难明。究其实，不过是说“他虽然生性内向，却比他父亲还更有名”。十六个字就可说清的意思，何苦扭捏作态，拉长到三十六个字呢？句三十七更有语病，因为王维又不是外国人，怎么能中国化？发此妄言的人，意思无非是“王维的作品最具中国韵味”罢了。

（三十八）这一项提案已经被执行委员会多次地讨论，而且被通过了。

（三十九）那名间谍被指示在火车站的站台上等候他。

（四十）这本新书正被千千万万的读者所抢

购着。

（四十一）基辛格将主要地被记忆为一位翻云覆雨的政客。

（四十二）他的低下的出身一直被保密着，不告诉他所有的下属。

英语多被动语气，最难化入中文。中文西化，最触目、最刺耳的现象，就是这被动语气。无论在文言或白话里，中文当然早已有了被动句式，但是很少使用，而且句子必定很短。如“为世所笑”“但为后世嗤”“被人说得心动”“曾经名师指点”等，都简短而自然，绝少有逆拖倒曳，喧宾夺主之病。还有两点值得注意：其一是除了“被”“经”“为”之外，尚有“受”“遭”“挨”“给”“教”“让”“任”等字可以表示被动，不必处处用“被”。其二是中文有不少句子是以“英文观念的”受词为主词，如“机票买好了”“电影看过没有？”就可以视为“机票（被）买好了”“电影（被）看过没有？”也可以视为省略了主词的“（我）机票买好了”，“（我）电影看过没有？”中文里被动观念原来很淡，西化之后，凡事都要分出主客之势，也是自讨麻烦。其实英文的被动句式，只有受者，不见施者，一件事只呈现片面，话说得谨慎，却不清楚。“他被怀疑并没有真正进过军校”：究竟是谁在怀疑他呢？是军方，是你，还是别人？

前引五句的被动语气都很拗口，应予化解。句三十八可改成“这一项提案执行委员会已经讨论多次，而且通过了”。句三十九可改成“那名间谍奉命在火车站的站台上等候他”。以下三句也可以这么改写，句四十：“千千万万的读者正抢购这本新书。”句四十一：“基辛格在后人的记忆里，不外是一位翻云覆雨的政客。”（或者“历史回顾基辛格，无非是一个翻云覆雨的政客”）句四十二：“他出身低下，却一直瞒着所有的部属。”

（四十三）献身于革命的壮烈大业的他，早已将生死置之度外。

（四十四）人口现正接近五百万的本市，存在着严重的生存空间日趋狭窄的问题。

（四十五）男女之间的一见钟情，是一种浪漫的最多只能维持三四年的迷恋。

英文好用形容词子句，但在文法上往往置于受形容的名词之后，成为追叙。中文格于文法，如要保留这种形容词子句的形式，常要把它放在受形容的名词之前，颤巍巍地，像顶大而无当的高帽子。要化解这种冗赘，就得看开些，别理会那形容词子句表面的身份，断然把它切开，为它另找归宿。前引三句不妨分别化为，句四十三："他献身于革命的壮烈大业，早已将生死置之度外。"句四十四："本市人口现正接近五百万，空间日趋狭窄，问题严重。"句四十五："男女之间的一见钟情，是一种浪漫的迷恋，最多只能维持三四年。"英文里引进形容词子句的代名词和副词，如 which、who、where、when，等等。关节的作用均颇灵活，但在中文里，这承先启后的重担，一概加在这么一个小"的"字上，实在是难以胜任的。中文里"的，的"成灾，一位作家如果无力约束这小"的"字，他的中文绝无前途。

（四十六）当你把稿子写好了之后，立刻用挂号信寄给编辑。

（四十七）当许先生回到家里看见那支手枪仍然放在他同事送给他的那糖盒子里的时候，他放了心。

（四十八）你怎么能说服他放弃这件事，当他自己的太太也不能说服的时候？

英文最讲究因果、主客之分——什么事先发生，什么事后来到，什么事发生时另一件事正好进行到一半，这一切，都得在文法上交代清楚，所以副词子句特别多。如此说来，中文是不是就交代得含混了呢？曰又不然。中文靠上下文自然的顺序，远多于文法上字面的衔接，所以貌若组织松懈。譬如治军，英文文法之严像程不识，中文文法则外弛内张，看来闲散，实则机警，像飞将军李广。“当……之后”“当……的时候”一类的副词子句，早已泛滥于中文，其实往往作茧自缚，全无必要。最好的办法，就是解除字面的束缚，句法自然会呼吸畅通。句四十六可简化为“你稿子一写好，立刻用挂号信寄给编辑”。句四十七只需删去“当……的时候”之四字咒，就顺理成章，变成“许先生回到家中，看见那支手枪仍然放在他同事送他的那糖盒子里，就放了心”。句四十八的副词子句其实只关乎说理的层次，而与时间的顺序无关，更不该保留“当……的时候”的四字咒。不如动一下手术，改作“这件事，连他自己的太太都无法劝他放手，你又怎么劝得动他？”。

（四十九）我绝不原谅任何事先没有得到我的同意就擅自引述我的话的人。

（五十）那家公司并不重视刘先生在工商界已经有了三十多年的经历的这个事实。

（五十一）他被委派了明天上午陪伴那位新来的医生去病房巡视一周的轻松的任务。

英文里的受词往往是一个繁复的名词子句，或是有繁复子句修饰的名词。总之，英文的动词后面可以接上一长串字眼组成的受词，即使节外生枝，也顿挫有致，不嫌其长。但在中文，语沓气泄、虎头蛇尾，而又尾大不掉，却是大忌。前引三句话所以累赘而气弱，是因为受词直到句末才出现，和动词隔得太远，彼此失去了呼应。这三句话如果是英文，“任何人”一定紧跟在“饶恕”后面，正如“事实”和“任务”一定分别紧跟着“重视”和“委派”，所以动词的作用立见分晓，语气自然贯串无碍。中文往往用一件事做受词（字面上则为短句），英文则往往要找一个确定的名词来承当动词：这分别，甚至许多名作家都不注意。例如，“张老师最讨厌平时不用功考后求加分的学生”，句法虽不算太西化，但比起“张老师最讨厌学生平时不用功，考后求加分”来，就没有那么纯正、天然。同样，“我想到一条可以一举两得的妙计”也不如“我想到一条妙计，可以一举两得”。关键全在受词是否紧接动词。兹再举一例以明。“石油涨价，是本周一大新闻”比“石油的涨价是本周一大新闻”更像中文，因为前句以一件事（石油涨价）为主词，后句以一个名词（涨价）为主词。

要化解句四十九至句五十一的冗赘，必须重组句法，疏通关节，分别改写如下，句四十九：“任何人事先没有得到我同意就擅自引述我的话，我绝不原谅。”句五十：“刘先生在工商界已经有了三十多年的经历，这件事，那家公司并不重视。”句五十一：“院方派给他的轻松任务，是明天上午陪伴那位新来的医生去病房巡视一周。”（或者：他派定的任务轻松，就是明天上午陪伴那位新来的医生，去病房巡视一周。）

以上所论，都是中文西化之病。当代的白话文受外文的影响，当然并不尽是西化。例如在台湾文坛，日本文学作品的中译也不无影响，像林文月女士译的《源氏物语》，那里面的中文，论辞藻、论句法、论风格，当然难免相当“和化”。读者一定会问我：“中文西化，难道影响全是反面效果，毫无正面价值吗？”

当然不尽如此。如果六十年来的新文学，在排除文言之余，只能向现代的口语、地方的戏曲歌谣、古典的白话小说之中，去吸收语言的养分——如果只能这样，而不曾同时向西方借镜，则今日的白话文面貌一定大不相同，说不定文体仍近于《老残游记》。也许有人会说，今日许多闻名的小说还赶不上《老残游记》呢。这话我也同意，不过今日真正杰出的小说，在语言上因为具备了多元的背景，毕竟比《老残游记》来得丰富而有弹性。就像电影的黑白片杰作，虽然仍令我们吊古低徊，但看惯彩色片之后再回头去看黑白片，总还是觉得缺少了一点什么。如果六十年来，广大的读者不读译文，少数的作家与学者不读西文，白话文的道路一定不同，新文学的作品也必大异。中文西化，虽然目前过多于功，未来恐怕也难将功折罪，但对白话文毕竟不是无功。犯罪的是“恶性西化”的“西而不化”。立功的是“善性西化”的“西而化之”以致“化西为中”。其间的差别，有时是绝对的，但往往是相对的。除了文笔极佳和文笔奇劣的少数例外，今日的作者大半出没于三分善性七分恶性的西化地带。

那么，“善性西化”的样品在哪里呢？最合理的答案是：在上乘的翻译里。翻译，是西化的合法进口，不像许多创作，在暗里非法西化，令人难防。一篇译文能称上乘，一定是译者功力高强，精通取长补短、化瘀解滞之道，所以能用无曲不达的中文去诱捕不肯就范的英文。这样的译文在中西之间折冲樽俎，能不辱中文的使命，且带回俯首就擒的西文，虽不能就称为创作，却是“西而化之”的好文章。其实上乘的译文远胜过“西而不化”的无数创作。下面且将夏济安先生所译《古屋杂忆》（*The Old Manse*）摘出一段为例：

> 新英格兰凡是上了年纪的老宅，似乎总是鬼影幢幢，不清不白，事情虽怪，但家家如此，也不值得一提了。我们家的那个鬼，常常在客厅的某一个角落，喟然长叹；有时也翻弄纸张，簌簌作响，好像正在楼上长廊里研读一篇讲道文——奇怪的是月光穿东窗而入，夜明如昼，而其人的身影总不得见。

夏济安的译文纯以神遇，有些地方善解原意，在中文里着墨较多，以显其隐，方便读者，不免略近意译，但译文仍是上乘的，不见“西而不化”的痕迹。

再从乔志高先生所译《长夜漫漫路迢迢》（*Long Day's Journey into Night*）录一段对话：

> 你的薪水也不少，凭你的本事要不是我你还赚不到呢。要不是看你父亲的面子没有一家戏园老板会请教你的，你的名声实在太臭了。就连现在，我还得不顾体面到处替你求情，说你从此改过自新了——虽然我自己知道是撒谎！

夏济安的译文里，成语较多，语气较文，句法较松动。乔志高的译文句法较紧，语气较白，末句更保留倒装句式。这是因为夏译要应付十九世纪中叶的散文，而乔译面对的是二十世纪中叶的对白。二译在文白上程度有异，恐怕和译者平日的文体也有关系。兹再节录汤新楣先生所译《原野长宵》（*My Antonia*）：

> 隆冬在一个草原小镇上来得很猛，来自旷野的寒风把夏天里隔开一家家庭院的树叶一扫而光，一座座的房屋似乎凑近在一起。屋顶在绿荫中显得那么远，而现在却暴露在眼前，要比以前四周绿叶扶疏的时候难看得多。

三段译文相比，夏译不拘小节，几乎泯灭了原作的形迹；乔译坚守分寸，既不推衍原作，也不放任译文；汤译克己礼人，保留原作句法较多，但未过分委屈中文。换句话说，夏译对中文较为照顾，汤译对原作较为尊重，乔译无所偏私。三段译文都出于高手，但论“西而化之”的程度，夏译“化”得多，故“西”少；汤译“化”得少，故“西”多；乔译则行乎中庸之道。纯以对中文的西化而言，夏译影响不大——输入的英文句法不多，当然“教唆”读者的或然率也小。汤译影响会大些——输入的英文句式多些，“诱罪率”也大些；当然，汤译仍然守住了中文的基本分寸，所以即使“诱罪”，也无伤大雅。

本文旨在讨论中文的西化，无意深究翻译，为了珍惜篇幅，也不引英文原作来印证。“善性西化”的样品，除了上乘的译文之外，当然还有一流的创作。在白话文最好的诗、散文、小说，甚至批评文章里，都不难举出这种样品。但是并非所有的一流创作都可以用来印证，因为有些创作的语言纯然中国韵味，好处在于调和文白，却无意去融会中西。例如，梁实秋先生精于英国文学，还译过莎氏全集，却无意在小品文里搞西化运动。他的“雅舍小品”享誉已久，里面也尽多西化之趣，但在文字上并不刻意引进英文语法。梁先生那一辈，文言底子结实，即使要西化，也不容易西化。他虽然佩服胡适，但对于文言的警策，不肯全然排斥，所以他的小品文里文白相济，最有弹性。比他年轻一辈而也中英俱佳的作家，便兼向西化发展。且看张爱玲的《倾城之恋》：

流苏吃惊地朝他望望，蓦地里悟到他这人多么恶毒。他有意的当着人做出亲狎的神气，使她没法可证明他们没有发生关系。她势成骑虎，回不得家乡，见不得爷娘，除了做他的情妇之外没有第二条路。然而她如果迁就了他，不但前功尽弃，以后更是万劫不复了。她偏不！就算她枉担了虚名，他不过口头上占了她一个便宜。归根究底，他还是没得到她。既然他没有得到她，或许他有一天还会回到她这里来，带了较优的议和条件。

张爱玲的文体素称雅洁，但分析她的语言，却是多元的调和。前引一段之中，像“势成骑虎”“前功尽弃”“万劫不复”等都是文言的成语；“回不得家乡，见不得爷娘”近乎俚曲俗谣；“蓦地里悟到”“枉担了虚名”，像来自旧小说，至少巴金的小说里绝少出现；其他部分则大半是新文学的用语，“他还是没得到她”之类的句子当然是“五四”以后的产品。最末一句却是颇为显眼的西化句，结尾的“带了较优的议和条件”简直是英文的介系词片语，或是分词片语——译成英文，不是with better terms of peace，便是bringing better terms of peace。这个修饰性的结尾接得很自然，正是“善性西化”的好例。下面再引钱锺书四十年代的作品《谈教训》：

上帝要惩罚人类，有时来一个荒年，有时来一次瘟疫或战争，有时产生一个道德家，抱着高尚到一般人所不及的理想，更有跟他的理想成正比例的骄傲和力量。

这显然是“善性西化”的典型句法，一位作家没有读通西文，或是中文力有不逮，绝对写不出这么一气贯串、曲折而不芜杂的长句。这一句也许单独看来好处不很显眼，但是和后面一句相比，就见出好在哪里了：

> 当上帝要惩罚人类的时候，它有时会给予我们一个荒年，有时会给予我们一次瘟疫或一场战争，有时甚至于还会创造出一个具有着高尚到一般人所不及的理想的道德家——这道德家同时还具有着和这个理想成正比例的骄傲与力量。

后面这一句是我依“恶性西化”的公式从前一句演变来的。两句一比，前一句的简洁似乎成了格言了。

我想，未来白话文的发展，一方面是少数人的“善性西化”愈演愈精进，另一方面却是多数人的“恶性西化”愈演愈堕落，势不可遏。颇有不少人认为，语言是活的，大势所趋，可以积非成是，习惯成自然，一士谔谔，怎么抵得过万口嗫嗫，不如算了吧。一个人抱持这种观念，自然比较省力。但是我并不甘心。一个民族的语言自然要变，但是不可以变得太快，太多，太不自然，尤其不可以变得失尽了原有的特性与美质。我们的教育界、文化界和各种传播的机构，必须及时警惕，预为良谋。否则有一天“恶性西化”的狂潮真的吞没了白话文，则不但好作品再无知音，连整个民族的文化生命都面临威胁了。

小说

从逃避到肯定

——《毕业典礼》的赏析

黄凤樱的短篇小说《毕业典礼》应该有两个主题。大主题是老医生和他的儿子耀祖之关系；次主题则是名与实之关系。老医生对自己的儿子施加压力，要耀祖成为正牌牙医，继承自己的齿科诊所。老医生之所以如此，是因为他自己也身受两种压力：其一由来已久，因为他的终身大敌，也就是他的继父之子高品泉，扬言要把儿子培养成牙医，另开一家齿科诊所来跟他打对台；现在高家儿子果然成了牙科医生。其二则为近忧，因为《新医师法》最近颁布，正大力取缔密医。不幸老医生正是这样的一位所谓“密医”；无论是为争面子、报宿仇，或是为了保诊所，他都急需耀祖拿到牙医文凭，考到牙医执照。

但是在另一头，从小乖驯的耀祖，读上牙医之后，却并不领情，也不合作。父亲竟是密医，他颇以为耻，至少在学医的同学面前感到气短。其实他对于父亲的所作所为，也并非全持否定的态度，因为有一次他还当着同学的面为父亲辩护。但是流俗的观点、社会的压力，所谓“形势比人强”，仍然令他气馁。等到父亲从嘉义来台北参加他的毕业典礼时，他的恐慌达到顶点，决定临阵脱逃，以为躲过了毕业典礼，便能躲过“密医情意综”的全部羞辱。结果，在毕业典礼上，他所恐惧的梦魇却变本加厉，以最戏剧化的形式出现。经过这一激荡，他才清楚地看到自己的怯懦和自私、父亲的忠诚和委屈，他因彻悟而坚强，终于回到故乡，毅然继承起父亲一生的事业。

《毕业典礼》的另一主题却是名实之间的关系。顾名思义，所谓密医当然是医德低下医术拙劣的江湖郎中。偏偏老医生对病人照顾而体贴，对医学仍研究不辍，除了没有学位和执照之外，其实是一位够格的医师。相反地，他诊所里的那位正牌林医生，对病人却是草率而不耐烦；而市立医院的一位名牙医，也因拔牙拔死了人而吃上官司。同时，在牙科的学生之间，也有像吴作怪这样程度低下、性情尖刻的儇薄少年，未来的医德医技不卜可知。

名实之间，不尽相等——这第二主题融于第一主题之中，使身为人子的耀祖在重大震撼之下，恍然大悟，自己的父亲只是个正直而勤俭的人，好父亲，好丈夫，好医生，而绝非一名庸滥的密医。这一顿悟，使耀祖从懦弱变为坚毅，也使第一主题得以充分呈现。

毕业典礼上，父穿子袍，要代儿子领文凭，却被人讥逐出来的一幕，是十分戏剧化的高潮。也许有人认为这样的安排迹近闹剧，不太自然，也不太可能。我却认为这样的戏剧性有其意义，而且能扣紧主题。做密医的父亲，一生最大的遗憾就是缺一张牙医的文凭。往者已矣，只能把希望寄在儿子身上。偏偏儿子又不来参加典礼，做父亲的为要补偿这双重的遗憾，在心理上确有代穿这件学士袍的强烈欲望，小说原也不必完全写实。其实早在典礼之前，做父亲的已在儿子的房间里，“把方帽子提在手中，竟也喜不自胜地往自己头上套去，走到桌子前，对着小镜子左顾右盼了好一会儿……”这一幕，已经为典礼的事件埋下伏笔。儿子毕业，老子有份：这幻觉在前文中另一处也已点出。老子说：“等你毕业了，我们不就可以考到执照了吗？”儿子说：“是我，不是我们，你还是没有执照。”

典礼事件虽以老医生为焦点，但在主题的发展上，儿子旁观的心理变化才是意义所在；一明一暗，明里的所为衬托暗里的所感，手法十分有趣。父亲当众出丑，表面是咎由自取，其实是儿子的怯懦和逃避所致。儿子躲在暗处看父亲受辱，起初的羞耻感很快便转化为对于老父的维护与同情，终于导致他回乡继业的决心。典礼事件的最后一幕，自己的父亲受辱而去，他人的父亲却喜气洋洋在台上出风头：这残酷的对照使耀祖流下了惭愧之泪。

本篇小说的语言颇为称职，但亦偶有失误之处，如阿冬嫂口中，便不宜吐出像“怎么没看到老医生，会是出发了？”的句子。又如“他的呐喊，无非是要确定他是属于有特殊才能和身份的高贵的一群”，句法也嫌冗赘。此外在场景的交接之中，也偶见生硬，如“这时的耀祖究竟在哪里呢？这老医生的宝贝儿子呀？”之后的一段，便失之于直陈，语气也有点轻浮。这些当然只是小疵，尚望作者以后改进。综而观之，《毕业典礼》一气呵成，感情充沛，塑造社会转型期中一位忠厚诚恳的老医生，形象十分动人，可称上佳之作。

综论

分水岭上

站在二十世纪七十年代和八十年代的分水岭上，我们能看见什么呢？回顾七十年代，对于种种挫折的反应，形之于文化界的，是危机感，参与热。形之于文学的，则是社会意识的觉醒。但主观情绪的紧张不一定能保证具体创作的丰收：抗战文学便是一例。等到口号和论争的尘埃落定，七十年代的文坛究竟能留给我们多少杰作呢？有一点是可以确定的：只会呼口号、炒理论、诵教条的“空头作家”，正像一张空头支票，到了八十年代，将被退票。

我理想中的八十年代作家，应该具备下列条件：①他热爱国家，关心社会，但他的热爱沉潜在作品深处，而不是浮泛在表面的主题。他关心政治，但不愿用文学做政治的工具，因为他明白：这么做，往往无补于政治，却有损于文学。②他不亢不卑，自居于国民之列，既不自认是苍白的象牙塔隐士，因此愧对街头的大众，也不自命为高人一等的先知，因此言行可以超乎道德与法律。③他胸怀坦荡，对一切都做理性的取舍。他不认为古典文学尽是“封建”，外来文化全属“帝国”。他的民族主义与其说来自对外国的恨，不如说来自对中国的爱，不但爱此时此地的中国，更爱那“五千年”。④他强调主题，也强调技巧，因为两者根本不能分割。他明白：不讲技巧的主题只是一个口号。他更明白：把经验提升为意义，始有主题；但那意义来自经验，并非先于经验而存在。否则，他只能做一个从教条出发的作家。⑤八十年代的台湾，势必加速工业化。社会转型，对作家的“弹性”是一大考验。理想中的八十年代作家必须把握这种新经验而提出真切、独特的诠释。

选　灾

民主时代，常需选举，操作不当，乃成选灾。但目前的文坛上，却有另一种选灾，那便是泛滥于坊间的各种选集——诗选、散文选、小说选，等等。种类之多，出品之滥，早已到了灾情惨重的地步，受害的不单是屡被侵犯的作家，更是屡被戏弄的广大读者。这种现象，张拓芜先生近在《书评书目》上已加抨击。

原则上，选集繁多表示文学的生机蓬勃，市场畅旺，该是一个好现象。但如出品粗制滥造，又不尊重作家的权益，则乱出一百本不如精出一本。唐诗之盛冠于历代，唐朝之长近三百年，但唐人自选的唐诗集不过九种。现代诗在台湾三十年间，所出的选集却已经数倍于此，不可谓之不滥。

在著作权发达的国家，出一本选集哪有这么容易？打开英美的文学选集，卷首交代版权的一览表，就往往长达数页。没有得到转载的许可，就不敢选用人家的作品。以下且举两例：奥斯卡·威廉斯所编《袖珍版英美现代诗选》，卷首便有编者的附言，说明“（艾略特诗集的出版者）哈可特·布瑞斯公司不准转载，因此本选集无法收入艾略特的诗篇，深以为憾”。剑桥大学版的《二十世纪美国诗选》，也因版权关系，只得舍弃了艾略特、庞德、佛罗斯特的作品，卷首的编者前言，最后一句是：“至于佛罗斯特，这位名诗人的转载费太高了，我们出不起。”

我饱受选灾之苦，已有多年。有的出版社事先不征求我的同意，事后把书寄来，大有“生米已成熟饭”之势。有的出版社事先不征求我的同意，事后连书都不寄来，可是在封面上却没有忘记我，赫然“余光中等著”几个大字。有的出版社并未得我同意便把我的作品选入什么“散文大展”，篇幅之多胜于他人，却在同时又出一书，对我的诗断章取义，横加诬蔑——同一出版社对同一作家的评价，竟是肯定又否定，实在可鄙。

当然，认真出选集的出版社不是没有，可是像尔雅出版社那样遍致转载费的，实在太少。一般选集的毛病，归纳起来，不出下列几种：第一，事先不征求作者或原书出版人的同意，事后又不赠书，更无论转载费或版税。这样的作风其实也是一种“盗印”，不同于一般盗印的是：被盗者多，盗的方式化整为零。第二，编选缺乏方针和眼光，以致入选作者与作品水准参差，有“鸡兔同笼”之感。有时竟连卷首的序言都免去了，更是“师出无名”，令人茫然。有时呢，连编者的姓名都没有，简直不负责任。这样的选集，谈不上个性，也没有风格，怪不得千篇一律，十本等于一本。第三，排印的方式有的粗糙，有的幼稚，校对也不讲究。至于作者简介一栏，往往不实，连书名也常弄错。遇到这样的选集，作者不但经济上受损，名誉上更是受害，至于读者所蒙的损害，更不用提。

在日趋严重的选灾之中，受害的作家们应该站出来，维护自己的权益，遏止出版商的投机作风，并保持纯正选集的尊严。愿一切出版社都走上合法、合理、合情的正轨。

给抓到小辫子

当初我认识珍妮的时候，
　她还是一个很小的姑娘，
长长的辫子飘在背后，
　像一对梦幻的翅膀。

但那是很久，很久的事了，
　我很久，很久没见过她；
人家说珍妮已长大了，
　长长的辫子变成卷发。

昨天在路上我遇见珍妮，
　她抛我一朵鲜红的微笑，
但是我差一点哭出声来：
　珍妮的辫子哪儿去了？

上面这首《珍妮的辫子》，是我在大四时代的“纯情”之作，本已忘了，不料陶晓清女士忽来电话，说本月十八日和十九日两天在她主持的“传统与展望”音乐会上，要唱这首歌，并要我执笔略抒感想。

“歌？什么时候变成了歌的？”我不禁问道。

“是吕泉生先生谱的曲，已经很久了。”

“是吗？可是我从来没听过，怎会有感想呢？”

隔了不久，电话铃再响。这次是李蝶菲小姐，她说是陶晓清要她跟我联络的，她可以把这首歌唱给我听。问题是怎么让我听到？

“就请你在电话里唱吧。”我笑了起来。

像二十多年前的幽魂一样，循着电线的时光隧道，那首歌悠悠传了过来。没有乐器伴奏，李蝶菲清唱得极好，不但音色清纯，而且韵味飘逸，果然跟原诗一般“纯情”。吕泉生谱的曲，天然纯净，够得上“灵秀”两字，令人惊喜的是，事隔多年，吕先生的旋律与今日的一般校园歌曲，竟然风格相近。也许“纯情”的东西本来就差不多，何况那时美国的摇滚乐还没有大举入侵，吉他也还少见呢。那时我写的是格律诗，依循的是浪漫派影响下的新月风格。后来我写起现代诗来，对于这类纯情的诗，虽不一定“自惭少作”，至少也不会再回头了。现在给人翻了出来，还要当众演唱，真有一点给抓住小辫子的感觉。

不过话说回来，《珍妮的辫子》虽然没有多大深度，但是语言自然、音调铿锵，主题在明快之中，富于青春气息。辫子，当然是少女的象征；卷发，便意味着成人了。至于鲜红的微笑，更具有了唇膏的形象，离少女的纯朴当然更远。面对这样的微笑，反而令“我”欲哭；这哭笑之间的对照，也还是有一点张力的。从天真到入世，这原是文学的一大主题。

目前的校园歌曲，其歌词颇受新诗影响，有的更直接来自现代诗。能用来谱曲的诗，多少得有一点格律。格律诗的佳境，不再整齐划一，仅仅做到整齐太容易了，而在同中见异，整齐中求变化，能放能收。多少年来，现代诗在形式上强调自由诗体，所以一旦要和歌分而复合，就找不到多少可以入歌的格律诗。现写嘛，并不是一流的诗人就能写出合用的格律诗。不少民歌手自己来写词，其结果，在我看来，格律的一类往往不成腔调，自由的一类又往往失之散漫。在主题的用意上，现代诗失之于深，校园歌曲又失之于浅。到目前为止，有些校园歌曲仍然给人“金童哼给玉女听”之感。如何在主题上做到深入浅出，在形式上先求格律的整齐，再求整齐中的弹性，恐怕是今后现代民歌歌词作者必须面对的一大挑战。希望校园里的金童玉女们加一把劲，并祝他们成功。

横岭侧峰面面观

——论作品中词性之变换

五月二十八日在台湾《中华日报》的“文教与出版”读到陈一凡先生的短文《探究“清浅”的词性》，觉得陈先生对文学作品中词性的变换所见太拘，对徐志摩文笔的评价也太苛严，因此有必要提出异议。先节录陈文如下：

“最近看到北市十几所初中联合抽考语文试题，其中有一题系引徐志摩《我所知道的康桥》文中之句‘妩媚的康河也望不见踪迹，你只能循着那锦带似的林木想象那一流清浅’，问‘清浅’的词性是什么。大多数老师的意见都确定是名词，并据以评分。据说命题老师印发的标准答案也是名词，使我深深地感到大惑不解！不论在文法组织上及词义解释上，它都不应该变成名词，应该就是本来的形容词才是。志摩选词运句，每多炫奇拗强。也许因作者独创了白话文的倒装句使大家迷糊了，但尽管它是倒装句或是怪式，在词性上它仍然是形容词才是。据朱自清谓：这句应是‘你只能沿着那锦带似的林木想象那清浅的河流’。‘清浅’之为形容词更为显然。现在，大家都根据命题老师印发的标准答案，奉为标准，且印发十几所初中均未闻异议，益滋困惑……徐志摩才气纵横，但其为文不够严谨，往往恣肆无礼，‘那一流清浅’，应亦属无理句，命题时应予割爱回避为宜。”

中文的文法灵活不拘，文词的属性也富于弹性，所以中国的古典作品十分简练。且看下面的例句：

（一）喜怒哀乐

（二）面有喜色

（三）喜其为人

（四）王大喜曰

同为“喜”字，在不同的场合，有不同的身份。四句之中，依次是名词、形容词、动词，甚至副词。在末句中，“喜”字的身份恐怕不太确定：如果是着重“曰”字，则“喜”该是副词，如果两者并重，读成“王大喜，曰”，则“喜”仍是动词。

在文学作品中，尤其是“美文”之中，作家处理文词的词性，应享有更大的自由。《世说新语》里有这样的一段：“卫洗马初欲渡江，形神惨悴，语左右云：‘见此芒芒，不觉百端交集。苟未免有情，亦复谁能遣此。’”芒芒原是江水渺远之貌，在此就代替了江水。如果改成“见此江水芒芒”或“见此芒芒江水”，反而太露太赘，略无余味。文学创作，尤其在写景状物的时候，最重感性。芒芒既是水的特质，不妨直攫其性，而遗其名。《前赤壁赋》形容东坡先生泛舟江上说：“纵一苇之所如，凌万顷之茫然。”茫然，原是状词，同于卫玠渡江所见。换了陈先生，也许就要改成“凌茫然之万顷”，但感觉上就远不如苏文的空灵。其实所谓“万顷”虽是名词，对江水而言仍只是一个代字。文学的世界虚实相通，想象才能自由。如果作家不能贯串想象与现象，他怎能领着读者作逍遥之游？

《前赤壁赋》中又说："桂棹兮兰桨，击空明兮溯流光。""空明"也是形容词，在此地却指水上月色。说月下用桨拨水是"击空明"，化有为无，且又无中生有，真是绝妙好句。其实东坡诗中常用这种"取性遗名"的手法，在黄州咏海棠的七古长诗便有句如下：

先生食饱无一事，散步逍遥自扪腹。
不问人家与僧舍，拄杖敲门看修竹。
忽逢绝艳照衰朽，叹息无言揩病目。

显然，绝艳是指海棠，衰朽是作者自谓——这都是化形容词为名词的技巧。以下三例皆从东坡诗中摘来：

（一）手持白芙蕖，跳下清泠中。(《开先漱玉亭》)

（二）垂瓶得清甘，可咽不可漱。(《栖贤三峡桥》)

（三）活水还须活火烹，自临钓石取深清，大瓢贮月归春瓮，小杓分江入夜瓶。(《汲江煎茶》)

"清泠""清甘""深清"指的都是水，但原来都是形容词。东坡晚年尚有"又试曹溪一勺甘"之句，其中"甘"字仍是状水，同于前诗之"清甘"。但得其神，何用其名？《诗经》"如临深渊，如履薄冰"之句，到了后人笔下，便简化为"临深履薄"，以虚为实，形容词且充名词了。此种"买珠还椟"的手法，中西皆然。济慈的名诗《初窥蔡译荷马》(*On First Looking into Chapman's Homer*)，便有这么四行：

Oft of one wide expanse had I been told
That deep-brow'd Homer ruled as his demesne;
Yet did I never breathe its pure serene
Till I heard Chapman speak out loud and bold.

第三行的意思是说："可惜我一直无缘呼吸（荷马诗中天地的）纯净（空气）。"但英文句中，breathe 所作用的受词 serene 正是不折不扣的形容词。

济慈和苏轼能用的修辞手法，为什么徐志摩不能用呢？东坡集中用之再三，足见此法"古已有之"，来头还不小。徐志摩"想象那一流清浅"，正是上承我国文学的悠久传统，说不上什么“炫奇”，更不应诬为“不够严谨”。如果徐志摩竟是“恣肆无理”，苏轼岂不成为“始作俑者”？其实《我所知道的康桥》里有毛病的句法颇有几处，如“你要发现你的朋友的‘真’，你得有与他单独的机会”便是一例；但陈先生所引的这句不在其中，他所引的其实是佳句，可惜被他焚琴煮鹤了。

中国文词既如此富于弹性，学生对一字一词之属性，应就活例据上下文来判断，才能深切认识。文法是死的，语言是活的。字的词性应该取决于它在句中所发挥的功能，不应斤斤计较字典上固有的身份。台北市负责联合抽考的高中教师们，把徐文的“清浅”判定为名词，是十分正确的。“清浅”在此处是一个名词，一个多么生动、多么富于感性的名词。

诗的三种读者

不时有人会问我："诗应如何欣赏？"

这问题实在难以回答。如果问者是一个陌生人，我就会说："那要看你对诗有什么要求。如果你的目的只在追求'诗意'，满足美感，那就不必太伤脑筋，只要兴之所至，随意讽诵吟哦，做一个诗迷就行了。如果你志在做一位学者，那么诗就变成了学问，不再是纯粹的乐趣了。诗迷读诗，可以完全主观，也就是说，一切的标准取决于自己的口味。学者读诗，却必须尽量客观，在提出自己的意见之前，往往要多听别人的意见，在进入一首诗的核心之前，更需要多认识那首诗的背景和环境。学者对一首诗的‘欣赏’，必须建基在‘了解’之上。如果你志在做一位诗人，那读法又不同了。学者对一首诗的责任，在于了解，不但自己了解，还要帮助别人了解。诗人面对一首诗，尤其是一首好诗，尤其是一首新的好诗，往往像一个学徒面对着师父，总想学点什么手艺，不但目前使用，更待他日翻新出奇，把师父都比了下去。学者读诗，因为是做学问，所以必须耐下心来，读得彻底而又普遍，遇到不喜欢的作品，也不许绕道而过。诗人读诗，只要拣自己喜欢的作品就行，不喜欢的可以不理——这一点，诗人和一般读者相同。不同的是，一般读者读了自己喜欢的诗，就达到目的了，诗人却必须更进一步，不但读得高兴，还要举一反三，触类旁通，善加利用。譬如食物，一般读者但求可口，诗人于可口之外，更需注意摄取营养。”

当然，学者和诗人在本质上也都是读者，不过他们都是专业的读者，所以读法不同。非专业性的读者，可以称为“纯读者”。“纯读者”之中未必没有博学而高明的“解人”，只是他们不写文章，不以学者自命而已。

一般的纯读者，往往在少年时代爱上了诗。那种爱好往往很强烈，但也十分主观，而品味的范围也十分狭窄。纯读者对诗浅尝辄止，欣赏的天地往往只限于三五位诗人的三五十首作品。因为缺乏比较，也无力分析，这几十首诗便垄断了他的美感经验，似乎天下之美尽止于此。纯读者的兴趣往往始于选集，也终于选集，很少发展到专业，更不可能进入全集。且以《唐诗三百首》为例，因为未选李贺，所以纯读者往往不读李贺。至于杜牧，因为所选九首之中，七绝占了七首，所以在纯读者的印象之中，他似乎成了专用七绝写柔美小品的诗人了。纯读者的品味能力，缺少锻炼，无由扩大，一过青年时代，往往也就不再发展了。

我在少年时代读诗，自命可恃直觉与顿悟，对于诗末的注解之类，没有耐心详阅。这种“不求甚解”的天才读法，对付“床前明月光”和“桂魄初生秋露微”一类的作品，也许可以，而遇到典故复杂、背景特殊的一类，就所得无几了。学者读诗，没有一个能不看注解的。要充分了解一首诗，不能不熟悉作者的生平与时代，也不能不分析诸如格律、意象、结构等技巧。中国的传统研究往往太强调前者，西方的现代批评又往往太注重后者，如能两者相济，当较为平衡可行。诗的讲授、评论、注解、编选、翻译，等等，都是学者的工作。

诗人又是另一种特别的读者。苏轼读诗，和朱熹读诗是不一样的。诗人读诗，固然也求了解别的诗人，但是更想触发自己创作的灵感。所以苏轼读了陶诗，便写了许多和陶之作。东坡集中和韵次韵之作，竟占五分之一以上，那首有名的“人生到处知何似”也是为和子由而写的，但子由的原作却无人读了。杜甫之名句“转益多师是汝师”，正说明了，要做诗人，就要放开眼界，多读各家作品，才能找到自己要走的大道。低下的诗人只能抄袭字句，高明的诗人却能脱胎换骨，伟大的诗人则点石成金，起死回生，无论所读的作品是好是坏，都能转化为自己的灵感。

读者读诗，有如初恋。学者读诗，有如选美。诗人读诗，有如择妻。

读者赏花。学者摘花。诗人采蜜。

亦秀亦豪的健笔

——我看张晓风的散文

三十年来台湾的散文作家，依年龄和风格大致可以分为四代。第一代的年龄在八十岁上下，以梁实秋为代表。第二代在六十岁左右，以女作家居多，目前笔力最健者，当推琦君，但在须眉之中，也数得出思果、陈之藩、吴鲁芹、周弃子等人，不让那一代的散文全然变成“男性的失土”。第三代的年龄颇不整齐，从四十岁到六十岁，社会背景也很复杂：王鼎钧、张拓芜、林文月、亮轩、萧白、子敏等人都是代表；另有诗人而兼擅散文的杨牧与管管，小说家而兼擅此道的司马中原（张爱玲亦然，但应该归于第二代）。第四代的年龄当在二三十岁，作者众多，潜力极大，一时尚难遽分高下，但似乎应该包括温任平、林清玄、罗青、颜昆阳、袁琼琼、渡也、高大鹏、孙玮芒、李捷金、陈幸蕙等人的名字。

大致说来，第二代的风格近于第一代，多半继承“五四”散文的流风余绪，语言上讲究文白交融，笔法上讲究入情入理，题材上则富于回忆的温馨。第三代是一个突变，也是一个突破。年龄固然是一大原因，但真正的原因是第三代的作家大多接受了现代文艺的洗礼，运用语言的方式，已有大幅的蜕变。他们不但讲究文白交融，也有兴趣酌量作西化的试验，不但讲究人情世故，也有兴趣探险想象的世界。在题材上，他们不但回忆大陆，也有兴趣反映台湾的生活，探讨当前的现实。他们当然欣赏古典诗词，但也乐于运用现代诗的艺术，来开拓新散文的感性世界。同样，现代的小说，电影、音乐、绘画、摄影等艺术，也莫不促成他们观察事物的新感性。

“要是你四月来，苹果花开，哼……”

这人说话老是使我想起现代诗。

张晓风的散文《常常，我想起那座山》中的两句话，正好用来印证我前述的论点。在第三代的散文家中，张晓风年纪较轻，但成就却不容低估。前引的两句和现代诗的关系还比较落于言诠，再看她另一篇作品《你还没有爱过》中的一句：

> 而终有一天，一纸降书，一排降将，一长列解下的军刀，我们赢了！

这一句写的是日军投降，但是那跳接的意象，那武断而迅疾的句法，却是现代诗的作风。换了第二代的散文家，大半不会这么写的。

张晓风的一支健笔纵横于近二十年来的文坛，先是以散文成名，继而转向小说，不久又在戏剧界激起壮阔的波澜，近年她的笔锋又收回到散文的领域，而更见变化多姿。她在散文创作上的发展，正显示一位年轻作家如何摆脱了早期新文学的束缚，如何锻炼了自己的风格，而卓然成为第三代的名家。早在十三年前，我已在《我们需要几本书》一文中指出："至少有三个因素使早期的晓风不能进入现代：中文系的教育，女作家的传统，‘五四’新文学的余风。我不是说，凡出身中文系，身为女作家，且承受‘五四’余泽的人，一定进不了现代的潮流。我只是说，上述的三个背景，在普通的情形下，具备任何一项，都足以阻碍现代化的倾向。晓风三者兼备，竟能像跳栏选手一样，一一越过，且奔向平坦的现代大道，实在是难能可贵的。”

十三年后回顾晓风在散文上的成就，比起当日来，自又丰收得多。再度综览她这方面的作品，欣赏之余，可以归纳出如下几个特色：第一，晓风成名于六十年代的中期，那时正是台湾文坛西化的高潮，她的作品却能够免于一般西化的时尚，既不乱叹人生的虚无，也不沉溺文字的晦涩。第二，她出身于中文系，却不自囿于所谓“旧文学”，写起文章来，既少饾饤其表的四字成语或经典名言，也无以退为进以酸为雅的谦虚作态。相反地，她对于西方文学颇留意吸收，在剧本的创作上尤其如此。读她的散文，实在看不出是昧于西洋文学的作家所写。第三，她是女作家，却能够摆脱许多女作家，尤其是一些散文女作家常有的那种闺秀气，其实从《十月的阳光》起，她的散文往往倒有一股勃然不磨的英伟之气。她的文笔原就无意于妩媚，更不可能走向纤弱，相反地，她的文气之旺，笔锋之健，转折之快，比起一些阳刚型的男作家来，也毫不逊色。第四，一般的所谓散文家，无论性别为何，笔下的题材常有日趋狭窄之病，不是耽于山水之写景，就是囿于家事之琐细，旧闻之陈腐，酬酢之空虚，旅游之肤浅，久之也就难以为继。晓风的散文近年在题材上颇见拓展，近将出版的《你还没有爱过》一书可以印证她的精神领域如何开阔。在风格上，晓风能用知性来提升感性，在视野上，她能把小我拓展到大我，乃能成为有分量、有地位的一流散文家。

《你还没有爱过》里面的十五篇散文，至少有八篇半是写人物——《承受第一线晨曦的》只能算是半篇。这些人物，有的是文化界已故的前辈，像洪陆东、俞大纲、李曼瑰、史惟亮；有的是曾与晓风协力促进剧运的青年同伴，像姚立含、黄以功；更有像温梅桂那样奋斗自立的泰雅尔族同胞。后面的三个人物写得比较详尽，但也不是正式的传记。前面的四个名人则是神龙见首而不见尾，夭矫云间，出没无常，只是一些生动的印象集锦。而无论是速写或详叙，这些人物在晓风的笔下，都显得亲切而自然，往往只要几下勾勒，颊上三毫已见。晓风的笔触，无论是写景、状物、对话或叙事，都是快攻的经济手法，务求在数招之内见功，很少细针密线的工笔。所以她的段落较短，分段较多，事件和情调的发展爽利无碍，和我一般散文的长段大阵，颇不相同。晓风的文笔还有一项能耐，便是雅俗、文白、巧拙之间的分寸，能依主题的需要而调整，如写耆宿洪陆东时的老练，便有别于《蜗牛女孩》的坦率天真。

几篇写人物的散文之中，我认为味道最浓笔意最醇的，是《半局》和《看松》。这两篇当然不是传记，而是作者一鳞半爪的切身感受和印象，却安排得恰到好处，真有“传神”之功。也许晓风和文中的两位人物——一位是她的系主任，另一位是同事——相知较深，所以往事历历，随手拈来，皆成妙谛，比起其他人物的写照来，更见突出。我认为这种用散闻逸事串成的人物剪影，形象生动，意味隽永，是介于《史记》列传和《世说新语》之间的笔法，希望晓风以后多加发挥。尤其是《半局》一篇，墨饱笔酣，六千字一气呵成，其中人物杜公的意态呼之欲出，不但是晓风个人的杰作，也是近年来散文的妙品。我甚至认为，《半局》的老到恣肆之处，鲁迅也不过如此。请看下列这一段：

有一天，他和另一个助教谈西洋史，那助教忽然问他那段历史中兄弟争位后来究竟是谁死了，他一时也答不上来，两个人在那里久久不决，我听得不耐烦：

“我告诉你，既不是哥哥死了，也不是弟弟死了，反正是到现在，两个人都死了。”

说完了，我自己也觉一阵悲伤，仿佛《红楼梦》里张道士所说的一个吃它一百年的疗妒羹——当然是效应的，百年后人都死了。

杜公却拊掌大笑：

“对了，对了，当然是两个都死了。”

短短的一段文字里，从历史的徒劳到人生的空虚，从作者的伤感到杜公的豁达，几番转折，真是方寸之间有波澜。再看结尾的一段：

对于那些英年早逝弃我而去的朋友，我的情绪与其说是悲哀，不如说是愤怒！

正好像一群孩子，在广场上做游戏，大家才刚

> 弄清楚游戏规则，才刚明白游戏的好玩之处，并且刚找好自己的那一伙，其中一人却不声不响的半局而退了，你一时怎能不愕然得手足无措，甚至觉得被什么人骗了一场似的愤怒！

这一段的比喻十分贴切，而对于朋友夭亡的反应，不是悲哀，却是愤怒，好像没可奈何之中，竟迁怒造化的无端弄人。这，就是我所谓作者的英伟之气。《半局》的题目就取得很好，而尤见功力的，是文中感情的几经变化，那样“半忘年交”的友谊，戏谑中有尊敬，低徊中有豪情，疏淡中寓知己，读来真是令人“五内翻涌”。

这样的杰作，在民初的散文名家里也不多见。可见晓风散文的多度空间里，比他们要多一度空间，那便是现代文学，尤其是现代诗的启示。像《半局》中的这一段：

> 杜公是黑龙江人，对我这样的年龄而言，模糊的意念里，黑龙江简直比什么都美，比爱琴海美，比维也纳森林美，比庞培古城美，是榛莽渊深，不可仰视的，是千年的黑森林，千峰的白积雪加上浩

浩万里、裂地而奔窜的江水合成的。

便是我前文所谓“第三代的散文”，因为它速度快、笔力强，一气呵成，有最好的现代诗那种莽莽苍苍的感性。仅有感性，当然不足以成散文大家，但是笔下如果感性贫乏，写山而不见其峥嵘，写水而不觉其灵动，却无论如何成不了散文家。晓风写景记游的一些近作如《常常，我想起那座山》，在抒情散文的创作上成就惊人，“临场感”（sense of immediacy）甚为饱满的感性，经灵性和知性的提升之后，境界极高。在这种散文里，晓风已经是一位不分行的诗人了。

晓风偶尔也写些诗，但句法刚直，语言嫌露，佳作不多。我倒觉得，能在写景或抒情的散文里挥洒诗才，也是一种高妙之境，原不一定非要去经营“分行的艺术”。其实，晓风散文中写景之句，论空灵、论秀逸、论气魄，比起许多现代诗的佳句来，并不逊色。《常常，我想起那座山》中许多附有小标题的片段，都是笔法精简感性逼人眉睫的妙品，如写梅骨的一段，真能攫住老柯里秘藏欲发的生机。又如她写夜色，有这样的句子：“深夜醒来我独自走到庭中。四下是彻底的黑，衬得满天星子水清清的。”又说，“文明把黑夜弄脏了，黑色是一种极娇贵的颜色，比白色更沾不得异物。”下面的一段设想奇妙，那种想象力，真可以博得东坡一笑：

> 山从四面叠过来，一重一重地，简直是绿色的花瓣——不是单瓣的那一种，而是重瓣的那一种——人行水中，忽然就有了花蕊的感觉，那种柔和的，生长着的花蕊，你感到自己的尊严和芬芳，你竟觉得自己就是张横渠所说的可以“为天地立心”的那个人。

再看下面这一段：

> 十一点了，秋山在此刻竟也是阳光炙人的，我躺在复兴二号[①]下面，想起唐人的传奇，虬髯客不带一丝邪念卧看红拂女梳垂地的长发，那景象真华丽。我此刻也卧看大街在风中梳着那满头青丝，所不同的是，我也有华发绿鬓，跟巨木相向苍翠。

① 复兴二号是神木编号。

这真是神乎其神的豪喻，晓风身为女作家，不自比红拂女，却自拟虬髯客，正是我所谓的英伟之气。至于“华发绿鬓，跟巨木相向苍翠”一句，也有辛弃疾山人相看妩媚之意，仍是自豪的。在同一章中，晓风又喻那擎天神木为“倒生的翡翠矿”，也是匪夷所思。此文的《后记》第三则又说：

> 夏天，在一次出外旅行之前，我又去了一次拉拉山，吃了些水蜜桃，以及山壁上倾下来的不花钱的红草莓。夏天比秋天好的是绿苔上长满十字形的小紫花，但夏天游人多些，算来秋天比夏天多了整整一座空山。

整段文字清空自在，不用说了，奇就奇在最后那一句：“算来秋天比夏天多了整整一座空山。”照讲夏天叶茂人多，应该夏多于秋才对，但作者神思异发，认为入山贵在就山，不在就人，所以要比空寂之美，却是秋富于夏。这种妙笔，散文家也不输诗人。

张晓风这本新书里佳作尚多，不及一一细析，但还有一篇值得再三诵读的，便是书名所本的《你还没有爱过》。此地所谓的爱，是国民民族的大我之爱。

作者在贵阳街“国军历史文物馆”里，吊古低徊，感奋于民初青年慷慨报国的忠义精神。她一面瞻仰早期军校朴拙而庄严的同学录，另一面从那些古色古香的通讯地址去揣摩那些相中人物乡镇的情景，领着读者作纸上的故土神游：

郭孝言	年十九	镇江城内小市口杜宅后院
章　甫	年二十三	湖南永州老县门口章吉祥药号交
李亚丹	年二十二	湖南岳州桃林喻义兴宝号转旧屋李家

就这么几十个简单而又落实的地址，便激发了作者无穷的乡国之思、同胞之爱，引爆了她光华四射的想象。这些古色斑斓、胆气照人的名录，具体可握如历史的把手，作者逐条加上自己的按语，就像实地低徊时心中起伏波动的意识流，虚实相激相荡，原是擅作安排。及其高潮，下面的这段文字更是喷薄而出：

> 只为一声戍角，那些好男儿从稻田从麦田从高粱田，从商行，从药铺，从磨坊，从鱼行，从杂货铺，从酒坊一一走出来，就这样，走出一番新翠照眼的日月山川。不知为什么，越读那些土里土气的小地名，越觉有万千王师的气象，每翻一张扉页，竟觉得在腕底翻起的是飒飒然的八方风雨。

能写出这种节奏，这种气魄，这种胸襟的散文，张晓风不愧是第三代散文家里腕挟风雷的淋漓健笔，这支笔，能写景也能叙事，能咏物也能传人，扬之有豪气，抑之有秀气，而即使在柔婉的时候也带一点刚劲。在散文的批评里，梁实秋的风趣、思果的恬淡、陈之藩的颖悟、琦君的温馨，早经公认，赏析已多，但散文天地的广阔正如人生，淡有淡味，浓有浓情，怀旧的固然动人温情，探新的也能动人激情。说散文一定要像橄榄或清茶，由来已久，其实是画地为牢。谁规定散文不可以像哈密瓜像酒？韩潮苏海，是橄榄或清茶吗？散文的读者不妨拓展自己的视域，也来欣赏张晓风的豪秀，杨牧的雅丽。

张晓风既有天才，又有学力，更有可惊的精力与毅力，我热切希望她能尽展所长，少作秀，少编书，少写别人也会写的那些俏皮小品或应景文章，把她的大才用来创新并突破散文的华严世界。

缪思的左右手

——诗和散文的比较

1

诗和散文，同为表情达意的两大文体，但诗凭借想象，较具感情的价值，散文依据常识，较具实用的功能。诗为专任，心无旁骛。散文乃兼差，不但要做公文、新闻、书信、广告等杂务的工具，还要用来叙事、说理、抒情。诗像是情人，可以专门谈情。散文像是妻子，当然也可以谈情说爱，但是家务太重太杂了，实在难以分身，而且相距也太近了，毕竟不够刺激。于是有人说：散文乃走路，诗乃跳舞；散文乃喝水，诗乃饮酒；散文乃说话，诗乃唱歌；散文乃对话，诗乃独白；散文乃中文，诗乃方言；散文乃门，诗乃窗。其间的对比永远说不完。

诗的身份特殊，性格鲜明，最能刺激一般人的幻想，所以诗所受的恭维和挖苦，两趋极端，远多于散文。这正如饮酒的故事和笑话最多，喝水呢，就没有什么好谈。说到诗，我们会想到什么诗仙、诗圣、诗史、诗囚、诗奴、诗魔，等等。但在散文里就似乎没有这么多彩多姿。散文似乎行于人间；诗，似乎行于人神之际。在传统的文学批评里，常见扬诗而抑散文。

英国大诗人兼批评家柯尔律治，就认为诗是“最妥当的字句放在最妥当的地位”，而散文，只是“把字句放在最妥当的地位”，毕竟逊了一筹。当代名诗人、批评家、翻译家兼历史小说家格雷夫斯（Robert Graves）在自己诗集的前言中曾说：“我写的诗是给诗人看的，我写的讽刺和怪诞之作是给才子读的。我写散文，是给一般人看的，并且希望他们不知道，除了散文我还写别的东西。写诗给非诗人看，乃是白费精神。”格雷夫斯扬诗抑文之说失之于偏，可是我佩服他独来独往的勇气。不幸在英文里，诗的形容词（poetic）是褒词，意为“美妙”；散文的形容词（prosaic）却是贬词，意为“平庸”。在中文里也是如此；我们说“这太散文化了”，是用散文的消极意义；但是当我们说“简直像诗”，却是用诗的积极意义，实在不太公平。王尔德贬诗人勃朗宁，说过这么一句俏皮话：“梅瑞迪斯乃散文之勃朗宁，其实勃朗宁也如此。”梅瑞迪斯是英国小说家，王尔德的意思是说：梅瑞迪斯可谓散文中之勃朗宁，其实勃朗宁的诗十分散文化，了无诗意，也只能算是散文家勃朗宁而已。

尽管文学的传统是扬诗而贬文，散文仍是易写而难工的一种文体，甚至是一种艺术，并非简单到能开口说话就能动笔写散文。莫里哀的喜剧《暴发户》中的商人儒尔丹，听说他的一句话“尼哥，跟我把拖鞋和睡帽拿来”就是散文，不禁得意地叫道：“天哪，我说散文说了四十年，自己还一直都不知道！”如果说话就是散文，那么世界上说话漂亮的人岂不都成了散文家，散文也未免太贱了。一般人总是谦称不会写诗，但很少人愿意坦认自己不会写散文，正因为散文身兼数职，既然人人都会写信、填表、记日记，谁不会写散文呢？

在扬诗抑文的传统下，也有不少作家（大半不是诗人）

不甘雌伏，认为散文不但难工，而且比诗更为可贵。小说家毛姆就说：“要把散文写好，有赖于好的教养。散文和诗不同，原是一种文雅的艺术。有人说过，好的散文应该像斯文人的谈吐。”散文家柯勒登·布洛克在《英国散文之病》一文中，说得更不含糊：“散文是文明的成就——有识之士领悟讨论问题时不宜挥拳骂街，知道真理难求然而值得追求，他们会用理性和耐性来唤起对手的理性和耐性，不会动辄指对手为恶人——散文的成就属于这些人。最好的散文能说的东西，诗说不出来，最好的散文办得到的事，诗办不到。若论欢欣或英勇的程度，文明社会也许不及原始社会那么高，但是如果文明社会真够文明，则日常生活当较为美好，较为仁慈，较有理性，较有长久之计；而仁慈、理性，和持之以恒的工作，正是散文杰作所表现所激发的精神。”

毛姆和柯勒登·布洛克的诗文比较观，只是在原则上立论；我国的散文家林纾，在反躬自评之际，却高抬自己的散文，践踏自己的诗，到了可惊又可笑的地步。他在给李宣龚的信中说：“石遗言吾诗将与吾文并肩，吾又不服，痛争一小时。石遗门外汉，安知文之奥妙！六百年中，震川外无一人敢当我者，持吾诗相较，特狗吠驴鸣。”林琴南的口气，比李敖又大了一百年，不过眼中还有个归有光，总算是谦虚的了。中国的文人，照例喜欢别人说他“诗文双绝”，但从林琴南的信中来看，他显然是扬文抑诗的一派。

2

所谓“诗文双绝”往往说来好听，其实不然。即使是文豪诗宗，也往往性有所近，才有所偏，不能两全其美。

杜甫虽称诗圣，散文却非所长；拿《观公孙大娘弟子舞剑器行》及《追酬故高蜀州人日见寄》等诗的序言，和苏轼《百步洪》的序言一比，立刻感到苏文生动流畅，真是当行本色。反之，苏辙虽为散文大家，诗却不怎么出色，和他哥哥唱和之作，总是给哥哥比了下去。苏轼那首有名的七律“人生到处知何似”，原是和苏辙的，但今日的读者没有几个人记得苏辙的那首原诗了。平心而论，那首原诗也实在平庸，不耐咀嚼，不足传后，真所谓“虽在父兄，不能以移子弟”。现代散文作家之中，周作人、朱自清早年都写过新诗，但是都不很高明，算不得诗人；倒是写起旧诗来往往出色，如郁达夫和鲁迅。美国作家之中，爱默生和爱伦坡也总算“诗文双绝”的了；但是罗威尔（James Russell Lowell）却说爱默生的散文“不失为上乘之诗，但是他的诗呢，天晓得，有的只是散——啊不，连散文都不算。”至于爱伦坡呢，以文体见长的美学家佩特（Walter Pater）不满他小说中欠纯的文体，宁愿读其法文译本。

尽管如此，诗人兼擅散文，仍多于散文家兼擅诗；或者可以说，诗人写的散文往往比散文家写的诗胜出一筹。散文看来好写，但要写好却很难；诗看来难写，实际上也难写好。诗比散文“技巧化”得多，正如跳舞比走路“技巧化”得多。但是走路要走得好看，也不容易；会跳舞的人走路，应该要好看些。无论如何，受过写诗锻炼的人来写散文，总应该有一点“出险入夷”的感觉。

翻开一本诗选，里面不见多少散文家。但是翻开一本散文选，里面却多诗人。在这种场合，诗人往往抢了散文家的风头。一本唐诗选里，真正称得上散文大家的，不过韩愈、柳宗元二人；其他如王、杨、卢、骆之辈，虽也各有文集多卷，但真能传后且流于众口如其诗者，实在罕见。杜牧为晚唐之杰，他的《樊川文集》诗文各半，其中的文章，除了《阿房宫赋》等三篇赋和《李贺集序》等之外，绝大多数都是论政论兵，“碑、志、书、启、表、制”之类，和文学没有什么关系。像杜牧这样的作家，我实在不愿称之为散文家。但是在最通俗的《古文观止》里，尤其是六朝唐文一卷之中，从《归去来辞》到《阿房宫赋》，至少有九篇名作是出于当行本色的诗人之手。陶潜、骆宾王、王勃、李白、刘禹锡、杜牧的这些散文流传之广，绝不下于他们的诗篇。

我手头有一本塘鹅版的《英国小品文选》(*A Book of English Essays*)，其中的二十五家作品，有七家出于“诗文双绝”的作家，但是没有一家称得上是大诗人。另有一本哈拉普版的《英国现代散文选》(*A Book of Modern Prose*)，十五篇散文之中，有五篇出于诗人，作者依次是缪尔、布伦敦、萨松、格雷夫斯、托马斯（Edward Thomas）。另有两篇则出于小说家劳伦斯之手，对他可谓十分推崇。其实劳伦斯也是一位诗人，近年来诗名蒸蒸日上。他在这方面的产量颇丰，比起寡产的卞之琳、戴望舒、闻一多来，约在十倍以上。然而上述的六位英国作家，除格雷夫斯见仁见智之外，都不能算是大诗人。

英美的大诗人难道不写散文吗？当然写。不过像米尔顿、朱艾敦、柯尔律治、雪莱、安诺德、艾略特等人的散文，大半是长篇的论文，尤其是文学批评，不是《桃花源记》《滕王阁序》《醉翁亭记》《赤壁赋》《杂说》一类的美文或小品文。唐宋八大家之中，韩愈、柳宗元、欧阳修、王安石、苏轼，都是诗文并茂的天才。尤其是苏轼，像他这样诗（包括词的成就）文均为大家，产量既丰，变化又富，在英美文学中实难一见。

所谓“诗文双绝”，可以更进一解，那便是同一篇作品之中，诗文并列，或者同一题材，用诗文分别处理。诗文并列的作品之中，有的以诗为主，以文为副，如《桃花源记并序》《琵琶行》《在狱咏蝉》《正气歌》之类；有的以文为主，文末附上一首诗，如《滕王阁序》和《潮州韩文公庙碑》。陶潜虽是大诗人，但那篇《桃花源记》却写得太好了，后面的五古原诗反而显得平平无奇，形同脚注，真是“后遂无问津者”。姜夔的词前每有一段散文小引，胡适就认为后面的词反而不如前面的小引真切生动。

同一题材分写成诗和散文的例子，古典文学中有苏轼的《赤壁赋》和《念奴娇》，现代文学中则有徐志摩的《我所知道的康桥》和《再别康桥》。这些例子人人都知道，但是像杜甫的《画鹰》《丹青引赠曹将军霸》及《韦讽录事宅观曹将军画马图》也有散文上的姐妹篇，知道的人就少了。如果我们拿他自己的《雕赋》来比《画鹰》，再拿《画马赞》和曹霸的两首诗作一对照，当可发现他的诗文颇多相通之处，但是他的诗灵活生动，个性鲜明，毕竟高妙得多了。《雕赋》长达七百三十一字，十余倍于《画鹰》，却过于铺张雕琢，反不如《画鹰》那么气完神足，一搏而中。四言的《画马赞》读来似曾相识，因为其中“韩干画马，毫端有神，骅骝老大……良工惆怅”等句，改头换面后也出现在他诗里；至于“四蹄雷雹，一日天地”之句，即使放在《房兵曹胡马》诗中，也并不逊色。

3

兼写诗和散文的作家，左右逢源之余，也另有一种烦恼，那便是：面对一个新题材，究竟该用诗还是该用散文来表达。这就涉及诗和散文功用之异，甚至本质之分了。

诗和散文最浅显的差异，第一个当然是在形式。中国的传统认为“有韵为诗，无韵为文”；如果真是这样，那倒是简单了。《诗经》里的周颂，往往无韵。乐府中的某些民歌如“江南可采莲”，用韵并不周全。梁鸿的《五噫歌》近于天籁，也无韵可寻。外国诗中，韵往往不是必要的条件；《圣经》里的《诗篇》与《所罗门之歌》都是自由诗；莎士比亚的诗剧、弥尔顿的史诗、华兹华斯的冥想诗，都是用“无韵体”写成。

第二个差异在句法，诗句讲究整齐，散文句则宜于长短开阖、错落有致。为求节奏起伏多姿，同中寓异，诗句之格局自然而然就淘汰了四言，流行奇偶对照的五言和七言，至于六言和八言，就始终没有流行起来。奇偶对照之为诗的节奏，一直到新诗兴起，用二字尺和三字尺组成的格律诗，仍然无法推翻。目前我写现代诗，基本的句法仍是奇偶相成。例如，下面这四行：

路遥，正是测马力的时候
自命老骥就不该伏枥
问我的马力几何？
且附过耳来，听我胸中的烈火

如果都改成偶数的词组，就成了：

路遥，正该测验马力
自命老骥就不应该伏枥
问我马力几何？
附过耳来，听我胸中烈火

这样一来，就失去诗的节奏了。同理，在古典诗中，“其险也如此，嗟尔远道之人胡为乎来哉？”原是散文句，如果改成“崎岖蜀道险如此，嗟尔远人胡为来？”就较像诗句，而“一夫当关，万夫莫开”的散文句，也不妨诗化成“一夫当关众莫开”。只是这么一改，李白的《蜀道难》就变得太平滑、太流利，失去了原有的那种诗文句法相激相荡的突兀感和盘郁感，反而不像李白的七言乐府了。五言和七言的诗句还有句法可循，换了四言句，有时候就有点诗文难分了。像杜甫的《画马赞》和曹操的《观沧海》，同为四言，曹作无论在平仄或用韵上都不及杜作整齐，却称之为诗，杜作反而称文。所以句法也不易作准。

第三个差异在分行分段。这一点在西洋诗尤其讲究，西洋诗若不分行，就没有煞尾句和跨行句的微妙变化，若不分段，就难于交织脚韵，且控制长诗的节奏，因为许多千行甚至万行以上的长诗都是使用一个段式（stanzaic form）到底的。但是这些对中国的古典诗并非必要，因为它非但不分行，甚至也不用标点。中国的古典诗绝少跨行句，当然不必分行，也少见百句以上的长篇，所以不必分段。新诗分行分段，是受西洋影响；现代诗分行而不加行末的标点，却是中西合璧。散文也分段，所以目前诗文之别主要在分行。这一分，竟容许多散文，甚至是恶劣的散文，伪装成诗。其实，像“暮春三月，江南草长，杂花生树，群莺乱飞”这样的句子，虽不分行，却比许多“分行的散文”更像诗。

第四个差异在音律。这在中国古典诗中，便是平仄的协调，而在西洋诗中，是指音节的排列，其目的在于控制节奏的轻重舒疾，使之变化有度。不过协调平仄是近体的事，在古体诗中并无严格的要求，反之，平韵到底的七古却忌所谓律句。五古之中，像杜甫的《梦李白》之句：“路远不可测”五字全仄，“魂来枫林青”和“江湖多风波”又五字全平。沈德潜在《说诗晬语》中说：“义山韩碑一篇中，‘封狼生貙貙生罴’，七字平也，‘帝得圣相相曰度’，七字仄也。气盛则言之短长与声之高下者皆宜。”即使在近体诗中，像崔颢的《黄鹤楼》，颔联上句连用六仄，下句连用三平，全为古诗句法，至于首句，也平仄不调，严羽却推为唐人七律之冠。再如苏轼的词，李清照说他“往往不协音律”，嫌他“皆句读不协之诗”，陈师道又说他“虽极天下之工，要非本色”，却无妨其为伟大作品。可见音律一事，也非区分诗与散文的绝对标准，何况散文的佳作在声调上面也自有讲究。中文字音既有平仄四声之别，称得上散文家的人，无论他笔下是古文或白话文，对平仄的错落相间，没有不敏感的。且以梁实秋的一段散文为例：

> 如果每个字都方方正正，其人大概拘谨，如果伸胳臂拉腿的都逸出格外，其人必定豪放，字瘦如柴，其人必如排骨，字如墨猪，其人必近于“五百斤油”。

这是典型的雅舍笔法，虽不刻意安排平仄，但字音入耳却起落有致，只要听每一句收尾的字音（正、谨、外、放、柴、骨、猪、油），在中文中四声交错，便很好听。句末的“油”

字衬着前面的“猪”字，平承着阴平，颇为悦耳。如果末句改成“其人之近于‘五百斤油’也可知”，句法不坏，但“知”“猪”同声，就单调刺耳了。再看臧克家《运河》中的诗句：

头枕着江南四季的芳春，
尾摆着燕地冰天的风云。
听说你载着乾隆下过江南，
一阵小雨留下了不死的流传，
你看背后夕阳的颜色正红，
贴在“沙丘古渡”的歇马亭。
我知道，人间的苏杭，
你驮过红心的天子曾去沉醉，
仿佛八骏驮着古帝王……

读者只要对声调稍具敏感，念到第二至第七的六行，一定感到单调而难受，因为行末的六个字全是中文的阳平。也可见诗人的耳朵未必胜过散文家。

第五个差异在文法。常识主宰的散文世界，一到诗里，便由想象来接管。散文的世界要把事物的因果关系交代清楚，所以要讲究文法，诗的世界就主观得多，其因果律无须一五一十地交代，只要留些蛛丝马迹，诱导读者去慢慢追寻。孔子说："微管仲，吾其被发左衽矣！"这句话因果显明，及于字面，一看就是散文。但是像杜牧的《赤壁》：

折戟沉沙铁未销，
自将磨洗认前朝。
东风不与周郎便，
铜雀春深锁二乔。

后面两句也自有因果关系，但在文法上并无明显交代。换了散文来说，那些连接词就必须补上，变成了"假使当日东风不助周瑜，那么东吴兵败国亡，大小二乔就要给曹操掳去铜雀台上了"。散文辛苦地交代了半天，诗却简而言之，不需要动用连接词。散文像数学题，要一步步演算出来，诗凭顿悟，一下子就抓到了得数。新诗打破了格律的限制，不知如何善用自由，句法既无约束，文法亦趋散文化，于是"因为，所以，然而，但是，况且，以及"等连篇累牍的连接词，阻塞了新诗的语言，读来毫无诗意。冯文炳说："旧诗内容是散文的，形式是诗的；新诗则恰恰相反，形式是散文的，内容是诗的。"这句话自信得十分可爱，却也十分误人。

诗句要求简练、含蓄、合律，在文法上乃成特殊的结构，比起散文来固然更耐读，却也常生歧义，难作定解。例如，王维的"泉声咽危石，日色冷青松"，每一句中两件东西的关系全靠一个单字的动词或形容词来联系，中间更无介系词来调整，虽说留出了想象的空间，却使那关系难以确定。王维这两句诗里，上句还易把握，因为能咽的只有泉声，不可能是危石。但是下句就不易解：到底是日色照到青松上使青松显得冷呢，还是日色因落在松间而自己显得冷，还是松上的日色看来一片凄冷，无所谓谁使谁冷呢？在散文里，就不会发生这种问题。同样地，辛弃疾的名句"不恨古人吾不见，恨古人不见吾狂耳！"，有一次因为需要英译，解释不一，竟使我的朋友分成了两派：一派认为前句意为"不恨古人不见吾"，另一派则读成"不恨吾不见古人"。我认为"不恨吾不见古人"之解才对，因为前面刚说过如何仰慕陶潜，此意正好承上启下，同时"不恨吾不见古人"才与"恨古人不见吾"旗鼓相当，两个不见的否定式正与上半阕的两个互见的肯定式遥相呼应。所以有此一争，正因“不恨古人吾不见”是诗的倒装文法，易生歧义。像“恨古人不见吾狂耳”便是散文文法，只能有一种解释。“我见青山多妩媚，料青山见我应如是”，也是单元单向的散文文法。

4

诗与散文除了形式有异，在手法上也自不同。大体而言，诗好用意象，尤其是比喻，散文则相反。但也不可一概而论，因为诗经的赋、比、兴三体之中，“敷陈其事而直言之”的赋体也颇重要，诗经里有许多诗，后代也有许多诗，都属于这种手法。所谓的“敷陈其事而直言之”，就是白描，也就是不用比喻。远古的诗人如陶潜，诗中绝少比喻，陶诗天真自然，这也是一大原因。苏轼说他在诗人之中独好渊明，并且写了许多和陶的诗。其实苏轼在诗人之中是一位比喻大师，这本领用来状物说理，最为淋漓尽致。《百步洪》起首才八句，就用了七个比喻。《读孟郊诗》第一首，就用了五个明喻，三个暗喻。至于像“横看成岭侧成峰”一类的诗，根本全诗就是一个隐喻。

但是中国的散文也久有用喻的传统，老子、庄子、孟子，莫不善于此道。哲学要说理，散文是说理的工具，比喻正是形象思维、具体说理的最好方式。例如，《秋水》篇中，从河海的对话到鹓雏的寓言，用喻之多，令人目不暇接。拿庄子的散文和陶潜的诗对比一下，就很难说比喻只是诗的专利。

本文一开始，就指出诗是专任，散文却是兼差。诗和散文的难以区分，正在散文的种类太杂，有些散文与诗泾渭分明，有些散文却比诗更像诗。古人笔下往往诗文不分，如《李长吉文集》明明只是诗集，杜甫要和李白“重与细论文”，白居易吊李白之句也说“可怜荒垄穷泉骨，曾有惊天动地文”。

以散文的功用来区分，我们说有议论文、叙事文、描写文、抒情文，还有身份暧昧的杂文。公文、新闻、书信、广告、说明书，等等，又形成更为庞杂的所谓应用文。首先是应用文和诗的距离最大，其次是议论文，最后是叙事文，但到了描写文和抒情文，已经近乎诗了。前三种散文形式上不是诗，本质上也不是诗。后两种散文形式上不是诗，但本质上已经像诗。朱光潜把《世说新语》桓公北征见故柳而流涕的一段散文和庾信用这典故在《枯树赋》中改写的一段韵文相比，显示原来的散文比韵文更有诗味。叙事文如果写得生动而富感情，也能逼近叙事诗。议论在散文大家的手里，照样可以音调铿锵、形象鲜活、感情充沛，饶有诗意。像苏轼的《留侯论》，虽然是一篇议论文，却有抒情之功，比起二三流诗人的平庸诗作来，美得多了。

好散文往往有一种综合美，不必全是美在抒情，所以抒情、叙事、写景、议论，云云，往往是抽刀断水的武断区分。且以《前赤壁赋》为例。此文从开始到“何为其然也”，主要是叙事和写景，却兼有抒情；“客曰”和“苏子曰”两大段主要是议论，但就地取材于历史与水月，形象说理之中蕴含了写景与叙事，且也完成了抒情；“客喜而笑”以至文末，则是单纯的叙事。《前赤壁赋》美得像诗，但是感性之中有知性，并不“纯情”。许多拼命学诗的抒情散文，一往情深，通篇感性，背后缺乏思想的支持，沦为滥情、滥感，只成了空洞的伪诗。

苏轼以赤壁怀古为题，还写了一首词。拿《念奴娇》和《前赤壁赋》对比一下，仍然可以看出诗和散文的差别。首先，二作同为月夜游江，散文却要交代那是何年何月何日，其地与夏口、武昌的相对位置如何，游江是通宵达旦，等等，但这些在诗中却无须交代。所以散文比较现实，常有一个特定时空做背景，诗比较想象，常以永恒做背景。其次，散文较诗重细节与过程，也就是说，散文较具叙事性，例如游江之时如何饮酒咏诗，扣舷而歌，如何吹箫，如何主客问答，如何食毕就寝，等等；但《念奴娇》中，一开始诗人便已在江上吊古，其间并无游江的细节和过程。所以散文是渐入，诗要一举而擒，乃是投入。其次，散文比较客观，诗比较主观。在《前赤壁赋》中，主客至少有三人，因为“客有吹洞箫者”说明不止一个游伴，苏轼的一番议论也用对话呈现。《念奴娇》中的诗人则是独语，他神游于故国，他举酒不是属客，而是对月。《前赤壁赋》作者以第三人称出现，胸怀旷达，劝他的朋友要“自其不变者而观之”。《念奴娇》的作者却是第一人称，激昂感慨之中透出寂寞，而华发也好，如梦也好，却是“自其变者而观之”了。客观，当较达观。主观，就不免自我嗟伤了。诗，毕竟更近作者的内心。徐志摩的《再别康桥》和《我所知道的康桥》，也可以这么比照分析。

综而观之，散文形形色色，其与诗之关系可分为三个层次。应用的散文，如果不注重音调和意象，又不流露多少感情，像科学的论文、药品的仿单那样，可以称之为“绝对的散文”。但是应用文也不一定都属此类，像《出师表》《与陈伯之书》等有音调有形象又有感情的公文、书信等，仍有与诗相近之处。叙事文如果音调铿锵，议论文如果形象鲜明，两者又都富有感情，那就可听、可看、可感，可以称之为“相对的散文”。到了描写文和抒情文，尤其是抒情文，功用已经与诗相同，所不同的只是形式和技巧，可以称之为“诗质的散文”。

“诗质的散文”和诗之间，仍然有一些相对性的差异。它比较现实，诗比较想象。对于一种情景，它是渐入的，因此不免要交代细节与过程，诗是投入的、跳接的，因此不需详述这些。它比较客观，因此对读者多少得保持对话的姿态，诗比较主观，因此倾向于独白，不需太理会读者。前文我曾说过，诗文两栖的作家遇到可写的题材时，究竟该入诗呢，还是该写成散文，常有鱼与熊掌之恨。大体上，如果作家侧重其事，就不妨写成散文，在“情节”上多留些纪念；如果作家珍惜其情，就可以写诗，买珠还椟，把不重要或不愿公开的“情节”留在个人记忆的禁地。李商隐的爱情不必铺张成散文，反之，沈复的爱情如果全“密码化”成律诗绝句，我们就无缘分享《浮生六记》中那些韵事趣事了。当然，才力富厚、左右逢源的作家，把一件事入诗之后，仍有余力笔之于文，而又不犯重复之病，那真是两全其美。

5

诗和散文在形式上和本质上的差异，大致分析如上。但这两大体裁正如相邻的两个天体，彼此之间必有影响。散文有如地球，诗有如月球：月球被地球所吸引，绕地球旋转，成为卫星，但地球也不能把月球吸得更近，力的平衡便长此维持；另外，月球对地球的吸引力，也形成了海潮。

柯尔律治说得很对："诗的真正反义语不是散文，而是科学。诗的反面是科学，散文的反面是韵文。"他把诗一剖为二，本质归诗，形式归韵文，解决了不少问题。诗无论有多自由，仍需以散文为"母星"，不能完全脱轨逸去。诗人不必兼为散文家，却应该知道什么是好散文。不少在诗的月光里掩掩藏藏的作者，一到阳光之中，便露出了原形。美人在月下应该更美，但总不应该不敢站到太阳下来。艾略特自己是大诗人，却说"好诗的第一个最起码的要求，便是具有好散文的美德。无论你审视什么时代的坏诗，都会发现其中绝大部分都欠缺散文的美德”。说到自由诗，他又说“许许多多的坏散文，都是假借自由诗的名义写出来的……只有一个坏诗人才会欢迎自由诗，当它作形式的解放”。

散文比诗接近口语，所以文法比诗自然。诗要自然，便不可完全违反口语。诗人的难题就在这分寸上：违反了口语会不自然，迁就了口语又欠精炼；如何在诗中酌情采用散文的美德，使诗的语言和文法保持弹性，正是诗人的一大考验。弥尔顿的诗，句法冗长而又复杂，离散文常态太远，几乎变成了他一人的“方言”，难怪强调散文基本美德的艾略特要骂他“把英文写得像死文字一样”。另外，华兹华斯主张诗要运用口语，竟谓“在散文的语言和韵文的语言之间，没有重大的区别，也不该有”，难怪他后期的诗变得过于“散文化”，为论者所病。

朱光潜在《诗与散文》一文中说：“诗的音律好处之一就在给你一个整齐的东西做基础，可以让你去变化。散文入手就是变化，变来变去，仍不过是无固定形式。诗有格律可变化多端，所以诗的形式比散文的实较繁富。”这一番话十分中肯，和艾略特的看法颇合。诗的格律画地为牢，原是给庸才服从，给天才反抗的。格律要约束，诗人要反抗，两个相反的力量便形成了张力。我认为诗的张力有两面，一面是诗人对格律的反抗，另一面是诗人对文法的反抗。文法，正是散文对诗的压力。有些诗人对这压力半迎半拒，或者借力使力，不着形迹。陶潜便是这样，所以他的诗句自然。李白的乐府、歌行之所以气势奔放，一大原因在他不避散文的句法；他不反抗散文的压力，散文就倒过来反抗诗的格律。杜甫在律诗中正好相反，他不反抗格律的压力，格律就倒过来向他的句法施压力，杜诗的沉郁顿挫跟这点颇有关系。杜甫的歌行也偶有散文的硬句，但是总不像李白那么放得开，那么快；在这方面，李白实在是一大散文诗人。

中国古典诗中，韩愈和苏轼常被人指摘“以文为诗”。两位诗人也是散文大家，把散文的气势带到诗里来，原是很自然的事。诗到宋朝，有意在唐诗的气象和神韵之外另辟天地，历来的诗评家总是嫌宋诗太散文化。所谓“以文为诗”，有几方面，在语言上，是用俗语和“硬语”等散文的词汇入诗。在句法上，则用散文的文法，而且不避虚字。在风格上，则常见叙事性和思想性，好发议论。这种倾向对唐诗是一个反动，失败的时候固然不免生硬而驳杂，但在语言上却比较多元，句法上可以巧拙相补，生熟相济，避免唐诗常有的华丽，风格上也可以扩大诗的经验，增加知性和实性，而避免一味的抒情。这么来看，适度的散文化对于诗未必不能起健康的作用。

艾略特在《诗的音调》一文中说："有些诗是拿来唱的；现代的许多诗却是拿来说的，而可说的东西，在群蜂营营和古榆树间众鸽咕咕之外，还多得很。不顺之音，甚至不悦之音，也有其作用，正因为在稍长的诗中，大高潮的段落和小高潮的段落之间，必须有过渡地带，才能为起伏的感情配上全诗音调结构应有的节奏，而小高潮的段落，比起全面诗进行的层次来，便显得散文化了——所以在这种情况之下，我们不妨说，一位诗人若要写一首大诗，就必须先能掌握散文的一面。"艾略特此意，说来似颇复杂，其实正合乎我国诗评家所主张的以拙佐巧，以生济熟。诗要长保健康，追求变化，就不能不酌采散文之长。

散文侵入诗中，反之，诗也会侵入散文。赋在中国文体之中，实在是一个亦文亦诗的混血儿，一方面有散文的流畅句法，另一方面却有诗的华丽辞藻和铿锵韵律。但骈文名义上还算是文，不归于诗。拿《月赋》和《别赋》的任一段跟白居易的诗相比，可以见出文可能比诗更繁富而华丽，但是中国的批评家只说六朝文风纤弱，并不把过失记在诗的账上。中国的古典散文家，无论文体如何华丽，都没有人怪他“以诗为文”。这实在很有趣，因为英美有一派主张文贵清真的现代散文作家，包括前文述及的柯勒登·布洛克和毛姆等，满口推崇法国散文的冷静明晰，却力抵英国散文从布朗到卡莱尔、罗斯金的传统，认为本土的文豪太浪漫、太激昂、太野蛮，总之是“以诗为文”，污染了英国的散文。他们追溯“始作俑者”，甚至攻击到钦定本的英译《圣经》。

6

正如柯尔律治所说，诗和散文并不是截然相反的东西。散文是一切文体之根：小说、戏剧、批评，甚至哲学、历史，等等，都脱离不了散文。诗是一切文体之花，意象和音调之美能赋一切文体以气韵。它是音乐、绘画、舞蹈、雕塑等艺术达到高潮时呼之欲出的那种感觉。散文，是一切作家的身份证。诗，是一切艺术的入场券。

后　记

从《左手的缪思》到《青青边愁》，我的六本散文集有一个共同的毛病，那便是体例不纯：把抒情的和评论的文章收在一起。从今以后，我决定把这两种文章分开来出书了。这本评论文集叫作《分水岭上》，也表示从此阴阳一割，昏晓两分之意。

本集的二十四篇文章，除《青青桂冠》因专论香港青年诗人而只在香港的《星岛日报》刊出之外，均先后在台湾的报刊发表。《苦涩的穷乡诗人》《从逃避到肯定》《给抓住小辫子》《亦秀亦豪的健笔》四篇，都是一九六九年夏末我自港回台以后的作品。《分水岭上》一篇，则是我一九六八年年底应成功大学之邀回台演讲时所写。

《谈新诗的三个问题》是香港中国笔会二十五周年纪念会上的演讲稿。《从逃避到肯定》是去年为联合报评审短篇小说所发表的评审意见。《缪思的左右手》是去年时报文学周的一篇演讲稿。至于《红旗下的耳语》及《亦秀亦豪的健笔》两篇，则是分别为金兆先生的小说集《芒果的滋味》和张晓风女士的散文集《你还没有爱过》而写的序文。这些文章虽为特殊场合而执笔，却十分认真地写成，不是什么应酬之作。

从一九六六年年底到现在，只有这么长短不齐、分量不等的二十二篇文章，不能算是丰收。不过，三年多来，从《北欧行》到《我的四个假想敌》，也发表了七篇抒情散文，只等同类作品再多几篇，便可分别出书。

图书在版编目（CIP）数据

分水岭上 / 余光中著. — 北京：中国友谊出版公司，2019.4

ISBN 978-7-5057-4670-1

Ⅰ. ①分… Ⅱ. ①余… Ⅲ. ①中国文学—文学评论—文集 Ⅳ. ①I206-53

中国版本图书馆CIP数据核字（2019）第069721号

著作权合同登记号　图字：01-2019-2745

本书由台北九歌出版社有限公司授权出版。

书名　**分水岭上**

作者　余光中

出版　中国友谊出版公司

发行　中国友谊出版公司

经销　新华书店

印刷　三河市文通印刷包装有限公司

规格　880×1230毫米　32开
8印张　126千字

版次　2019年8月第1版

印次　2019年8月第1次印刷

书号　ISBN 978-7-5057-4670-1

定价　45.00元

地址　北京市朝阳区西坝河南里17号楼

邮编　100028

电话　（010）64678009

如发现图书质量问题，可联系调换。质量投诉电话：010-82069336